W0392246

IVRESSES

www.editions-jclattes.fr

Benoît Franquebalme

IVRESSES

Ces moments où l'alcool changea la face du monde

JC Lattès

Maquette de couverture : ©LaLégende
Photo : Manu Larcenet
ISBN : 978-2-7096-6637-4

© 2020, éditions Jean-Claude Lattès
Première édition : août 2020

À Fanny, Youri et Lola, mes ivresses.

« S'il se passe un truc moche, on boit pour essayer d'oublier. S'il se passe un truc chouette, on boit pour le fêter. Et s'il ne se passe rien, on boit pour qu'il se passe quelque chose. »

Charles Bukowski, *Women*.

Chapitre I

Afrique
Il y a dix millions d'années
Homo picolus booste sa génétique

La guenon Cheeta descend de son acacia, attirée par une belle odeur de putréfaction. Au pied de l'arbre, une pomme gît marron et suintante, entourée de mouches et moucherons volant de façon erratique. La guenon est une grosse fainéante mais n'a pas le choix. L'assèchement climatique la force à quitter ses chères branches dénudées. Parvenue en bas, elle se saisit du fruit et le croque avidement. Aussitôt, une douce langueur l'envahit. C'est décidé, elle ne remontera plus jamais dans son acacia. Cheeta vient d'inventer le calva.

La consommation d'alcool aurait permis une accélération de l'évolution de l'homme. La substance a d'abord été à l'origine d'une mutation génétique chez nos aïeux il y a dix millions d'années avant d'avoir un impact non négligeable sur la façon dont se sont développés les humains et leurs sociétés. Imitant Cheeta, notre ancêtre africain devient capable d'assimiler (on dit « métaboliser ») l'éthanol contenu dans l'alcool plus vite qu'auparavant, grâce à un profond changement génétique. L'éthanol est issu de la transformation, grâce aux levures, du sucre issu du fruit. C'est ce qu'on appelle la fermentation.

Cette idée de mutation génétique s'appuie sur ce qui est certainement le meilleur nom de l'histoire de la littérature scientifique : l'« hypothèse des singes ivres ». Elle est développée en 2004 par l'Américain Robert Dudley, docteur en physiologie et biomécanique à l'université de Californie. Il en tire un livre paru en 2014[1].*

Enfant d'un père mort de son ivrognerie, Dudley se demande depuis longtemps ce qui cause l'attrait destructeur de l'alcool. Travaillant dans la forêt panaméenne comme biologiste, il voit des singes manger des fruits mûrs qui en contiennent de petites quantités. Il a alors une idée de génie : peut-être l'évolution n'est-elle qu'une longue gueule de bois ? Les personnes souffrant d'alcoolisme seraient tout simplement attirées par la bouteille parce que notre capacité à assimiler l'éthanol était une bonne chose par le passé. Mais elle a cessé d'être bénéfique quand l'homme a été capable de produire des tord-boyaux

*. Toutes les notes sont en fin de chapitre.

à haute teneur en éthanol. Ça n'est pas notre faute, nous sommes génétiquement programmés pour aimer la picole. Merci donc à Robert Dudley de nous déculpabiliser !

Selon sa théorie, nos ancêtres ont acquis un avantage évolutif en apprenant à associer l'odeur et le goût de l'éthanol présent naturellement dans les fruits mûrs. De manière générale, les tissus végétaux contiennent en abondance glucose, fructose et saccharose, autant de sucres qui peuvent fermenter et produire de l'éthanol. Même une pauvre carotte, oubliée à l'air libre, en fabrique.

L'éthanol des fruits constitue une source importante de calories et leur odeur pourrissante a aidé les primates à les localiser. Cette attirance pourrait expliquer celle de l'être humain pour l'alcool et ses abus. Répétons-le tellement c'est bon : notre espèce semble génétiquement prédisposée à être attirée par le « casse-pattes ». Selon le Californien, nos ancêtres ont recherché très tôt ses effets sur l'humeur, ce qui aurait favorisé leur caractère aventureux. L'éthanol offre d'autres avantages : il aide à préserver le fruit de la détérioration bactérienne et stimule l'appétit de celui qui le consomme. Oui, comme un apéritif. De plus, il facilite la digestion et favorise le stockage des graisses.

Mais pourquoi, alors que les fruits fermentés ont été consommés par des dizaines de milliers d'espèces d'animaux, *Homo picolus* a-t-il pris la tête du peloton ? Une longue histoire d'exposition à cet élément a développé chez nous une consommation modérée.

Bien que, suivant les continents, nous ne soyons pas égaux devant le verre plein. Des études ont montré que, chez les Chinois, Taïwanais, Japonais et Coréens, l'enzyme métabolisant l'alcool a une activité plus faible que dans le reste de la population mondiale. Résultat ? Ces malheureux individus sont plus intolérants à l'alcool. Une vieille légende laotienne rapporte d'ailleurs que c'est en voyant des singes ivres au pied d'un tamarinier que des hommes le découvrirent.

Chez les animaux, la même iniquité règne. La musaraigne de Malaisie se nourrit du nectar fermenté d'un palmier qui contient jusqu'à 3,8 % d'alcool. Elle boit donc l'équivalent de neuf verres d'alcool par jour. Pourtant, les spécialistes de la bête n'ont constaté aucune séquelle sur son organisme. Inversement, des merles britanniques ont été découverts morts avec des baies fermentées dans l'estomac. Ils n'auraient pas été empoisonnés par l'alcool, mais leur état aurait conduit à de fatals accidents. Et on a mieux. Comme nous, les insectes seraient capables de se mettre chiffon-carpette par désespoir. Une étude publiée dans la revue *Science* en 2012 a placé des mouches mâles n'ayant pas copulé devant deux mets, l'un alcoolisé, l'autre non. Les frustrés se sont dirigés plus spontanément vers le mets « chargé » que leurs compères comblés par une femelle…

Mais revenons à nos singes. Certains collègues de Dudley ne croient pas à une sagesse nutritionnelle innée qui dirait aux humains quoi consommer. Pour eux, tout cela n'a rien à voir avec la nutrition ou la santé : les humains aiment simplement toute substance qui altère l'esprit. Et ils aiment aussi les abeilles. Quel rapport me direz-vous ? Servez-vous un verre d'hydromel et ouvrez bien vos cages à miel.

Sans les butineuses, les *Homo* successifs auraient sans doute dû se contenter de marmelades de fruits pourrissants comme source unique et régulière d'éthanol. Feu Roger Morse, spécialiste mondial en apiculture, a établi que ses copines nous ont fourni le premier breuvage alcoolisé au monde. Les troncs emplis de miel et de cire tombés au sol, puis détrempés par les pluies, ont constitué le premier alambic de l'histoire de l'humanité. Une fois le miel dilué à 70 % d'eau, les levures auraient lancé la fermentation, produisant un délicieux hydromel. L'hominidé, par l'odeur alléché, aurait pu y goûter et partager sa découverte avec les siens, ouvrant la voie aux premières libations.

En 2014, Robert Dudley confirme sa théorie, appuyé par le généticien Matthew Carrigan. Ils identifient une mutation survenue il y a dix millions d'années qui aurait doté nos ancêtres d'une capacité nettement améliorée de métaboliser l'éthanol. Selon Matthew Carrigan, cette mutation aurait fini par multiplier par quarante nos aptitudes en la matière. Grâce à l'alcool, nous voilà donc parés pour affronter l'évolution ! Sans cette géniale faculté, *Homo picolus* courait le risque de dégringoler ivre des arbres ou de s'assoupir dans un environnement où rôdaient les prédateurs. Bref, pendant que les autres branches de l'arbre « primates » continuaient à casser des noix avec des cailloux, *Homo picolus* fonçait vers son destin et la création du mojito dix millions d'années plus tard !

Une dernière hypothèse pour la route. Il semblerait que la plus célèbre de nos aïeux soit morte il y a trois millions d'années d'un gadin malencontreux. Selon l'anthropologue John Kappelman, l'australopithèque Lucy aurait valdingué de l'arbre éthiopien où elle s'abritait pour échapper aux prédateurs, s'abîmant ainsi pied, hanche, côtes, épaules, mandibule et organes internes. Estimation de la hauteur de chute : 12 mètres. Vitesse approximative : 60 kilomètres à l'heure. Fatal. Il semblerait qu'elle ait atterri les pieds en premier. Les blessures observées aux genoux suggèrent que son corps a ensuite vrillé sur la droite.

Loin de nous, l'idée d'accuser Lucy d'avoir succombé, comme Cheeta, à une cuite aux pommes à l'éthanol… mais quand même. Ce qui nous fait douter, c'est la description de la dégringolade par John Kappelman. Consciente jusqu'au bout, Lucy aurait tout fait pour amortir le choc avec ses bras. Que celui qui n'a jamais vécu telle pathétique situation nous jette la première pierre… Circonstance aggravante, elle a laissé son nom à un délicieux cocktail, le Lucie Love. Ses ingrédients ?

2,5 centilitres de vodka, 1,5 centilitre de liqueur de fraise et 2 centilitres de nectar de pêche.

---

[1] *The Drunken Monkey : Why We Drink and Abuse Alcohol.* Robert Dudley. University of California Press. 2014.

Chapitre II

Proche-Orient
8000 av. J.-C.
« – Un peu de pain ? – Non merci, un demi. »

Imaginez un voyageur se promenant dans le désert de Néguev (actuelle Israël) il y a huit mille ans. Il a faim et demande à manger à des nomades natoufiens passant par là. Polis, ceux-ci lui proposent une bonne bière bien fraîche. Notre voyageur est ravi. Rassasié, il les salue et poursuit gaillardement sa route.

Avant de poursuivre, il nous faut nuancer cet idyllique prologue. Déjà, les Natoufiens pouvaient être belliqueux et auraient probablement défoncé la tête du promeneur à coups de faucilles en silex plutôt que de le sustenter. Ensuite, en plein Néguev, ladite bière aurait été tout sauf fraîche. Et, surtout, elle aurait été infâme. Ce que nous appelons commodément bière était alors une sorte de purée vaguement fermentée. Il n'empêche, de plus en plus de chercheurs s'accordent aujourd'hui pour dire qu'elle aurait été inventée avant le pain. Dans les pays anglo-saxons, c'est la « *beer before bread theory* ». La théorie de « la bière avant le pain ». Selon eux, votre breuvage favori aurait carrément déclenché la révolution néolithique, environ huit mille ans avant J.-C. !

Cette idée ne date pas d'hier. En octobre 1953, un très sérieux symposium baptisé « Est-ce que l'homme a, à une époque, vécu simplement de bière ? » est organisé aux États-Unis puis publié dans la non moins sérieuse revue *American Anthropologist*. Dans ces pages, une petite dizaine d'universitaires à nœud papillon s'écharpent pour savoir s'ils doivent vénérer leur boulanger ou leur brasseur.

Le camp du pain est emmené par Robert Braidwood (1907-2003), éminent archéologue américain qui aurait inspiré le personnage d'Abner Ravenwood (putatif beau-père de Harrison Ford) dans les films *Indiana Jones*. Le camp des « mousseux » est emmené par Jonathan D. Sauer (1918-2008), géographe. Braidwood estime que l'adoption des céréales domestiques au Proche-Orient avait pour objectif la production de la farine à pain. Sauer soutient lui que l'apparition de ces céréales avait la bière en ligne de mire. La découverte de cette purée de graines fermentées hautement nutritive – et fort stimulante – aurait ENSUITE conduit à celle de la farine et du pain.

Sauer est appuyé par le prestigieux botaniste Paul C. Mangelsdorf. Lui aussi soutient une utilisation plus précoce pour le brassage que pour la fabrication du pain. Non parce que la soif était un motif plus puissant que la faim, mais parce que les premières céréales disponibles au Proche-Orient étaient plus appropriées pour la gueuze que pour la baguette. Aux côtés de l'épeautre, du pois chiche et du lin, le blé sauvage et l'orge sont caractérisés par l'adhérence des glumes (feuilles verdâtres enveloppant la graminée) aux grains après que ceux-ci ont été ôtés des têtes. Ces grains collés sont, sans transformation supplémentaire, inutiles pour la fabrication du pain… mais peuvent être tout à fait utilisés pour le brassage. Certains anthropologues estiment donc que la bière a précédé le pain de trois mille ans. Mais, honnêtement, c'est très difficile de fixer une durée. En revanche, c'est effectivement pour cultiver le grain que les hommes sont passés de nomades à sédentaires. C'est ce que l'on appelle la révolution néolithique.

Modérez votre enthousiasme (et votre soif). La première bière était beaucoup moins sophistiquée que la nôtre car elle était faite à partir de grains non fermentés. Seules fermentaient les petites quantités de sucre qui se trouvent naturellement dans les céréales. À l'époque, Mangelsdorf aussi calme les amateurs de Budweiser. Il admet que la boisson ainsi fabriquée avait une faible teneur en alcool et était plus un gruau. Un peu comme le *poï* (purée fermentée et ingrédient de base de la cuisine traditionnelle hawaïenne), ou la *chicha de jora* péruvienne (qui n'a rien à voir avec la pipe à eau que vos enfants fument en cachette en écoutant Booba). Malicieux, Mangelsdorf rappelle même que certains de ses étudiants pensent que le brassage a précédé l'utilisation du feu. Mais là, faut pas pousser.

Près de soixante-dix ans après ce symposium, de plus en plus de chercheurs rejoignent la voie tracée par Sauer. Dès 1992, l'archéologue Brian Hayden[1] suggérait que l'agriculture était motivée par la volonté de montrer son pouvoir à ses rivaux et inféodés. Il fallait donc produire beaucoup d'alcool pour pouvoir organiser des festins. L'idée de la bière comme « pain liquide » est aujourd'hui relayée par Patrick McGovern, professeur d'archéologie biomoléculaire à l'université de Pennsylvanie (États-Unis) et spécialiste des breuvages anciens. Un magazine américain l'a même surnommé « l'Indiana Jones de l'alcool » en 2011. Il le considère comme « un lubrifiant social », un « stimulant qui altère la pensée »[2].

Le hobby de Patrick, c'est de récréer ces boissons antédiluviennes. Dans son livre *Ancient Brews : Rediscovered and Re-created* (W. W. Norton & Company, 2017), il reproduit la mixture révélée par la découverte de vases du Henan (Chine) en 2003. Ce premier cocktail de l'Histoire (7000 av. J.-C.) était composé de raisins sauvages, de baies d'aubépine, de riz et de miel. Une sorte de grog au parfum de chrysanthème. L'invention providentielle de la poterie, aux alentours du VIIIe millénaire avant notre ère, est un secours précieux pour les fans du shaker.

Plus tard, pour transformer l'amidon en sucre et déclencher la fermentation, les humains se mettent à frénétiquement mastiquer les céréales. Merci l'enzyme spécifique de la salive. Et comme l'inventivité ne fait jamais défaut quand il s'agit de s'humidifier la glotte, dès 5400 av. J.-C., la résine de térébinthe (une plante) sert d'agent conservateur. Nos brasseurs artisanaux à barbe de hispters seront aussi ravis d'apprendre qu'à Tell Bazi, au nord de la Syrie, dès 3400 av. J.-C., chaque maison avait sa microbrasserie sous la forme d'énormes jarres d'argile (200 litres).

À partir du IVe millénaire av. J.-C., les promoteurs les plus ardents de la bière seront les Mésopotamiens. En atteste ce sceau daté d'environ 3800 av. J.-C. et retrouvé à Tepe Gawra, près de Mossoul en Irak. Deux personnages y boivent tranquillement de la bière à la paille.

L'archéologue allemande Adelheid Otto estime que les nutriments essentiels, notamment les vitamines, fournis par la fermentation des céréales leur ont permis d'avoir une croissance physique correcte. Et c'est en Mésopotamie – en gros l'actuelle Irak plus le nord-ouest de la Syrie et le sud-est de la Turquie – qu'émergera le premier système d'écriture connu de l'humanité, vers 3400-3300 av. J.-C.

Pas ingrats, au XVIIIe siècle av. J.-C., les Sumériens (un des nombreux peuples mésopotamiens) composent carrément un hymne à Ninkasi (littéralement la « dame qui remplit la bouche »), déesse de la bière. Ninkasi est la fille d'Enki (maître des eaux douces souterraines, un comble). En akkadien, langue dérivée du sumérien, son nom signifie « fermentation ». Elle est la mère d'une autre déesse « mousseuse », Siris. Et la grand-mère de Zu, qui peut respirer de l'eau et du feu (du tord-boyaux quoi). Découvert sur une tablette gravée, l'hymne en question retrace différentes étapes de l'élaboration d'une bière. En mésopotamien, les mots « pain » et « bière » étaient d'ailleurs synonymes de « manger » et « boire ». En sumérien, « banquet » signifie « l'endroit de la bière et du pain ». Cela dit, ce peuple a la soif lyrique. « La déesse-vigne a du doux vin à donner/ Douce est sa vulve, doux est son vin[3] », chantera-t-il quelques siècles plus tard.

Au fil des siècles, les Mésopotamiens améliorent leur recette initiale, variant les levures, ajoutant des aromates, allongeant ou raccourcissant la fermentation. Au IIe millénaire av. J.-C., les scribes mentionnent des bières claires, noires, rouges, d'épeautre, de première qualité… Plus tard, on en fabrique même à partir de dattes.

Naturellement, *L'épopée de Gilgamesh*, la pièce maîtresse de la littérature mésopotamienne, mentionne abondamment la bière. Enkidu, ami de Gilgamesh, devient ainsi humain en descendant des cruchettes à Uruk. « Pour vivre avec les humains, il faut boire, c'est l'usage ici », lui explique-t-on. Il en descend donc sept. Son coeur devient joyeux, son âme est en liesse, son esprit se délie, son visage s'illumine. Dans certaines versions du texte, les habitants ajoutent : « Mange du pain mais, si tu veux vivre, bois de la bière. »

---

[1] *Transitions to Agriculture in Prehistory*. Anne Birgitte Gebauer, T. Douglas Price, Brian Hayden et al. Prehistory Press. 1992.

[2] *Ancient Wine : The Search for the Origins of Viniculture*. Patrick E. McGovern. Princeton University Press. 2003.

[3] *Empires of the Word : A Language History of the World*. Nicholas Ostler. Harper Collins. 2006.

Chapitre III

Égypte
2600 à 1300 av. J.-C.
Des pyramides pleines de mousse !

Commençons par un petit calcul. Les égyptologues s'accordent à dire que la construction de la pyramide de Khéops a duré vingt ans, quelque part entre - 2600 et - 2550. Elle mobilisait dix mille hommes par jour à qui étaient fournis 5 litres de bière quotidiens. 10 000 x 5 x 365 x 20 = 365 000 000. Trois cent soixante-cinq millions de litres de bière ont donc été englouties pour ce seul édifice ! Sachant que des centaines de pyramides et des milliers d'autres monuments ont été bâtis à l'époque ! Le débit du Nil est, en moyenne, de 3 millions de litres par seconde. On peut donc dire que, pendant treize siècles, c'est un autre fleuve, un fleuve de bière, qui a coulé au pays des pharaons.

Pour revenir à la pyramide de Khéops, les vestiges d'au moins une brasserie ont été découverts dans ses alentours. Le chantier était une véritable ville où travaillaient, mangeaient, dormaient et buvaient les ouvriers. Car la plupart d'entre eux étaient rétribués et n'étaient pas des esclaves. Beaucoup étaient des paysans désœuvrés par les crues du Nil. La bière, outre un solide encouragement, était aussi leur salaire. Certaines tablettes en argile retrouvées le précisent. Dans l'Égypte ancienne, cette boisson nationale est consommée par tous, du pharaon aux plus humbles. Elle est notamment représentée sur les mastabas (édifices funéraires) de l'Ancien Empire (2700 à 2200 avant notre ère). Preuve que les Égyptiens ne plaisantent pas avec la gueuze, ils pensent qu'elle a été découverte par Osiris, le dieu de l'agriculture et maître de l'au-delà.

Dans une interview donnée en 2011 au *Smithsonian Magazine*, Patrick McGovern, « l'archéologue de la bière », l'affirme : « C'était une source de nutrition, de rafraîchissement, une récompense pour ce travail acharné. Un salaire de bière. Vous auriez eu une rébellion sur les bras sinon. Les pyramides n'auraient peut-être pas été construites s'il n'y avait pas eu assez de bière. » Les documents retrouvés sur la fabrication de la bière sont le plus souvent des pièces comptables, administratives ou techniques rédigées par les maîtres des brasseries et leur comptable. Concrètement, les ouvriers recevaient chaque jour trois ou quatre miches de pain et deux pichets de bière contenant en tout 4 à 5 litres. Ce qui, naturellement, pouvait entraîner certains débordements.

On estime que les bières distribuées n'excédaient pas 2 à 3 degrés. C'est peu, mais à force de constamment manipuler d'énormes pierres, les accidents sont nombreux. On a retrouvé pas moins de six cents tombes d'ouvriers et artisans sur le plateau de Gizeh. Ils disposent d'une clinique et les amputations sont fréquentes. Les travailleurs chargés de creuser les tombes de la vallée des Rois sont des privilégiés avec dix semaines de congés par an et de l'orge pour brasser leur propre bière.

Cette prédestination éthylique suit les ouvriers jusque dans leur tombe. En 2010, l'Égypte a exposé une série de sépultures datant de plus de quatre mille ans et appartenant à des ouvriers engagés pour la construction des pyramides de Gizeh. En briques de boue séchée, elles contenaient une douzaine de squelettes conservés par le sable sec du désert. À leurs côtés étaient disposés des récipients ayant contenu de la bière et du pain destinés à la vie des morts dans l'au-delà. Le breuvage étant alors très périssable, on enfouit aussi ingrédients et recettes de fabrication. La fresque de Kenamon, grand chambellan d'Amenophis II (XVIe siècle av. J.-C.), décrit la fabrication des mixtures locales. En la matière, pas de lutte des classes.

Sur les chantiers, bière et pain servent carrément de monnaie d'échange et les scribes sont chargés de trouver un système d'équivalence entre pichets, miches de pain et céréales crues. Si on en croit cette lettre de remontrance retranscrite par Christiane Desroches Noblecourt, ils sont les mieux placés. Ces mots sont écrits par un maître à son scribe :

« On me dit que tu négliges la pratique de l'écriture et que tu t'abandonnes aux plaisirs. Tu traînes de taverne en taverne. La bière t'enlève tout respect humain ; elle égare ton esprit. [...] Ah ! Si tu voulais comprendre que le vin est une abomination. Tu maudirais le vin doux ; tu ne penserais pas à la bière et oublierais le vin de l'étranger[1]. »

En revanche, résister aux effets de l'alcool confère un maximum de respect. Décrivant le règne de Khéops, le papyrus Westcar raconte avec admiration l'histoire d'un homme âgé de cent dix ans, qui mange cinq cents pains, un demi-bœuf et boit cent jarres de bière chaque jour. Les bières de haute qualité sont réservées aux dignitaires du régime. Dans la tombe du pharaon Scorpion Ier (- 3200) à Abydos, on a trouvé mille jarres de vin et de bière.

Naturellement, ce climat mousseux fait du brasseur du chantier un personnage fort important. Témoin la statue dite du *Brasseur de bière* datant de la Ve dynastie (2400 av. J.-C.) et donnée à l'Unesco par l'Égypte en 1968. Sa photo est consultable sur le site de l'organisme. Le brasseur y est un personnage aux proportions trapues, sans doute taillé dans une pierre calcaire. Sa pose assise, hiératique et frontale, rappelle celle des couples royaux et des hauts dignitaires. Il possède son propre hiéroglyphe, présent sur la base de la statue et qui nous donne son nom : « fty mhy ». Mais dans cette profession, il ne faut pas se manquer. Les mauvais brasseurs étaient condamnés à être noyés dans leur bière. Et ceux qui vendaient une pression frelatée devaient la boire jusqu'à ce que mort s'ensuive. Si vous passez par le musée du Caire, allez aussi admirer *La femme brassant et filtrant la bière*, une statuette trouvée à Gizeh et datée de 2360 av. J.-C. Son air extatique donne immédiatement envie d'ouvrir une bonne Bouza, pression toujours brassée sur les bords du Nil.

La divine mousse est d'abord appelée *henept*, puis *zythos* à partir des Ptolémée au IVe siècle av. J.-C. Elle est faite avec de l'orge, du froment et des dattes. Des documents égyptiens mentionnent au moins dix-sept sortes de bière, aux noms chatoyants : la « Belle et bonne », la « Céleste », la « Semeuse de joie », le « Plus du repas », l'« Abondante », la « Fermentée »[2]. Quatre familles se dégagent : *zythum* (littéralement « vin d'orge », la bière légère la plus largement répandue), *dizythum* (plus forte), *carmi* (bière douce) et *korma* (bière au gingembre). Au sud de l'Égypte, et sans le savoir, les Nubiens se soignent en buvant ! Des analyses osseuses effectuées sur des momies ont mis en évidence une saturation en tétracycline, un antibiotique produit par les grains de céréale utilisés pour fabriquer leur bière.

Sans surprise, un des souverains-bâtisseurs les plus connus est un maître de la bière. Ramsès II (1304 à

1213 avant notre ère) est carrément surnommé « le pharaon brasseur » par les égyptologues. Il estimait que la bière était si noble qu'il fallait la boire dans des coupes en or. Vénérant le dieu Amon-Rê, il décide un jour de lui offrir 466 308 amphores ou cruches de bière, ce qui correspond à plus ou moins 1 million de litres de liquide.

L'hygiène des eaux étant très aléatoire, les Égyptiens préfèrent la mousse. Ils la concoctent à domicile. Les ouvriers des chantiers fréquentent aussi les maisons de bière qui sont les cabarets et les maisons closes du Proche-Orient. L'orge y coule à flots sur les cuisses d'accortes *khénémèt* tatouées au bassin et aux cuisses. Plus à l'est, le code de Hammurabi (Code civil babylonien) prévient : « Entrer dans la maison de la bière implique une conduite immorale de la part d'une femme. »

Pour capter cette manne financière, Ramsès II institue les brasseries d'État qui détiennent le monopole de sa fabrication. Dans le sud du pays, celle de Hiérakonpolis en produira plus de 1 000 litres par jour au IVe siècle av. J.-C. Pharaon peut ainsi abreuver gratuitement ses contremaîtres, ses soldats et ses prêtres.

Ramsès bâtit principalement à Thèbes, Karnak, Memphis et Bubastis. Son Ramesséum, nécropole royale construite à Thèbes, est surnommé le « château de millions d'années » par Champollion. Sa construction mobilise des milliers d'ouvriers. Autant vous dire que ça devait littéralement empester la bière et le vin. Des fouilles archéologiques ont montré que dans le village de Deir el-Medina, où logent les artisans du Ramesséum, ceux-ci reçoivent des primes de vin.

Car, à partir des onze Ramsès, il coule aussi à flots. Les Ramsès sont originaires du fécond delta du Nil. Des hiéroglyphes de Deir el-Medina nous indiquent que, sous leur règne, le vin est cinq à dix fois plus cher que la bière.

Cette famille a pourtant à cœur de le démocratiser. Sous Ramsès III (trente ans après Ramsès II), on répertorie cinq cent treize vignobles appartenant au seul temple d'Amon-Ra. Faisant le bilan de son action, le pharaon affirme : « J'ai fait des vergers à vin dans les oasis du sud et du nord, sans compter d'autres, en grand nombre, dans la partie méridionale. Ils se sont multipliés dans le Delta par centaines de mille, je les ai pourvus de jardiniers pris parmi les captifs des pays étrangers[3]. »

Cette abondance nouvelle permet une plus grande consommation. Déjà sous Séthi Ier (père de Ramsès II), un rapport d'un messager signale que dans les carrières méridionales de Gebel Silsila, le vin est l'ordinaire des mille travailleurs. Et il s'exporte. Aristote, Sophocle, Eschyle, Hérodote ou Athénée en font mention. Tandis que Strabon vante le *« vin d'orge »* de Péluse (actuelle Port-Saïd) envoyé en Grèce.

Mais l'attrait des Ramsès pour l'alcool n'est pas partagé par tous. Dans *L'enseignement d'Ani*, recueil de principes éthiques établi à la même époque, on peut lire ceci :

« Ne te laisse pas aller à boire de la bière. Car lorsque tu parles, alors, le contraire de ce que tu penses sort de ta bouche. Tu ignores même que tu viens de parler. Tu tombes puisque tes jambes se dérobent sous toi ! Personne alors ne prend ta main. Et ceux qui buvaient avec toi se lèvent et disent : "Qu'on éloigne cet ivrogne !" Si l'on vient te chercher pour demander un conseil. Et si l'on te trouve couché à terre. Tu es comme un misérable enfant. »

Avec de tels rabat-joie, toutes les bonnes choses ont une fin. À partir du VIIe siècle, l'islamisation de l'Égypte entraîne le déclin de la consommation. En théorie, le vin (*khamr* pour les Arabes) est même interdit. Qui en boit reçoit quarante à quatre-vingts coups de fouet. Les Égyptiens aisés ont droit aux vins cuits, aux vins de raisins secs, aux vins de dattes et à ceux de miel. Cette consommation est définitivement interdite à partir de 1009.

À l'époque, la construction des pyramides et autres nécropoles est bien loin. On repense alors avec nostalgie à ce « registre d'absence au travail » tenu par le prêtre funéraire Horemkenesi et conservé au British Museum de Londres. Tenu de surveiller quarante ouvriers du Ramesséum, Horemkenesi se désole en constatant que, en un semestre, deux seulement ne se sont jamais absentés. Pour les trente-huit autres, les motifs sont baroques : « services » rendus à un supérieur ou à un collègue, « indisposition » sans autre précision, règles difficiles de l'épouse ou de la fille ou, carrément, brassage de la bière et gueule de bois.

[1] *La femme au temps des pharaons*. Christiane Desroches Noblecourt. Stock. 1986.
[2] *L'histoire du monde en six verres*. Tom Standage. Kero. 2019.
[3] *La vie quotidienne en Égypte au temps des Ramsès*. Pierre Montet. Hachette. 1946.

Chapitre IV

Babylone (Mésopotamie)
323 av. J.-C.
Alexandre le Grand achevé par le picrate
à trente-deux ans

Si les choses n'avaient pas si mal tourné, ce chapitre ne serait qu'une histoire de compote. Nous sommes au début de l'année 328 avant Jésus-Christ dans l'actuelle province de Samarcande (Ouzbékistan). Comme il le fait toujours avant de quitter une ville conquise, Alexandre organise un grand banquet dans un palais local. Pour son entourage, la soirée est spéciale car elle marque aussi le départ de Cleitos qui, nommé gouverneur, doit quitter la campagne en cours. Le compagnon du souverain, qu'il connaît depuis son enfance (il est le frère de sa nourrice), souffre de cette décision et a la sensation d'être mis à l'écart, à cinquante ans. Il ignore qu'Alexandre, son cadet de vingt-deux ans, a vu sa mort en songe et l'éloigne pour le protéger.

À l'époque, Alexandre fonce sur l'Inde après avoir vaincu les Perses et s'être fait couronner pharaon d'Égypte. Il a un peu pris le melon. Il exige que tout le monde s'agenouille devant lui, y compris ses proches. Alors que le calendrier commande de célébrer Dionysos, il refuse de le faire au prétexte que, étant lui-même la réincarnation de ce dieu, ce serait comme s'autocélébrer ! Ce très relatif accès de modestie énerve Cleitos et (les litres de vin aidant) la soirée dégénère. Ivre, comme tout le monde, cet ingrat d'Alexandre se moque de son propre père, Philippe II de Macédoine, qui était, dit-il, un piètre combattant. Il est entouré de courtisans qui boivent ses paroles. La suite de la scène est reconstituée par Maurice Druon dans *Alexandre le Grand ou le Roman d'un dieu* (Del Duca, 1958).

« Plein de vin, Cleitos explose : "Philippe était un grand homme en même temps qu'un grand roi. Ses victoires valaient tout autant que celles d'Alexandre. Si Philippe n'avait pas conquis la Grèce, nous ne serions pas ici aujourd'hui et nul ne connaîtrait le nom d'Alexandre. Sans moi-même et tous les autres, il n'aurait jamais dépassé Halicarnasse ni même plus franchir l'Hellespont." » Et l'imprudent de déclamer les vers fameux d'Euripide : « C'est l'armée qui conquiert la victoire par son sang/Mais un fâcheux usage fait, sur les trophées/N'écrire que le nom du roi triomphant/Du sommet des grandeurs, il méprise son peuple/Lui qui pourtant sans ce peuple ne serait rien. » Cleitos reproche aussi à Alexandre de s'habiller en femme, comme les Perses. L'offensé(e) saisit une pomme dans un plat et la lance sur Cleitos, atteint au front. D'où la compote.

Loin de calmer l'insolent, l'assaut fruitier décuple sa verve : « Tu as été nourri au lait d'une femme, ma sœur ; tu l'as peut-être oublié. Tu n'avais rien d'un dieu quand tu tenais à peine debout et que je te portais dans mes bras[1]. » On suppose que la remarque vaut aussi pour toutes les fois où, plein comme une amphore, Alexandre dut être porté par son ami. Mais ce n'est pas la gratitude qui étouffe le conquérant. Non, c'est le vin. Il se saisit soudainement du javelot d'un garde ! D'abord maîtrisé par ses compagnons de beuverie – Héphestion, Ptolémée, Perdiccas, Léonnatos – il se lance à la poursuite de Cleitos dans les couloirs du palais : « Où est-il, ce traître ?! » Ce dernier brave une dernière fois son maître : « Il est là Cleitos, il est là ! » Lui lançant le javelot, Alexandre dégaine une ultime *punchline* : « Alors, va rejoindre Philippe, Parménion et Attale ! » (trois de ses potentielles précédentes victimes). Cleitos s'écroule, mort.

L'assassinat a la vertu de faire immédiatement dessoûler son auteur : « Non, non ! Je ne mérite plus de vivre après une action si honteuse ! » se flagelle-t-il. Ayant fixé le javelot sur une cloison, il tente de s'empaler dessus. Il reste ensuite trois jours sans manger, dormir, se laver… et boire. Ce qui signifie qu'il avait vraiment de la peine. Le sanguin Macédonien fait des funérailles grandioses à sa victime.

À ce stade du récit, on peut faire crédit à Alexandre d'être lesté d'un très lourd atavisme. Son père est un castrateur chroniquement insatisfait de sa progéniture. Son frère, un déficient mental. Et sa mère… Sa mère lui dit qu'il a été enfanté par Zeus et le pousse à défier son père. On ne vous parle même pas de son tuteur, le grand Aristote en personne, qui l'encourage à détruire les Perses pour récupérer le tombeau d'Achille. Dès lors, il a soif de conquêtes. Mais pas que. Sa guerre de vengeance carbure à l'alcool. Les campagnes menées par « l'élu » sont émaillées de violences avinées. La plus célèbre est l'incendie de Persépolis en 330.

Les orgies macédoniennes deviennent légendaires. À Suse (!), au cours de l'hiver 325-324, quarante-deux soldats meurent à la suite d'un concours de boisson. Le vainqueur, Promakhos, périt d'avoir absorbé 13 litres de vin pur ! L'endurance de leur chef est si connue que Ménandre, poète comique athénien, fera dire à un de ses personnages : « Tu bois plus que le roi Alexandre. »

Après la mort de Cleitos, le fringant conquérant s'abîme un peu plus dans l'alcool et le stupre. On lui prête même l'introduction de l'opium en Inde et en Asie centrale. Cette fuite en avant est magnifiquement décrite par Michel de Grèce[2]. « Au début Alexandre est persuadé qu'il peut tout se permettre et même ces nuits d'ivresse et de sexe, écrit l'historien. Plus tard, dans les hauts plateaux d'Asie centrale, l'excès est devenu un vice, il n'a plus de contrôle, plus de mesure. Désormais, il y a du désespoir dans ses débauches. Il cherche délibérément à dépasser la mesure, à tomber dans l'inconscience, peut-être même à mourir. Il boit à tuer n'importe qui. Il fait l'amour avec des hommes, avec des femmes, indistinctement jusqu'à l'épuisement total. Il voudrait passer des vapeurs de l'alcool, des lassitudes de la volupté à un repos qui n'aurait jamais de fin. Malheureusement, il se réveille pâteux, incapable de se tenir debout et encore plus désespéré. À chaque étape de sa décadence, il n'y a pas de faiblesse, il y a une intention. »

Dans son *Histoire d'Alexandre le Grand*, le chroniqueur romain Quinte-Curce met tout ça sur le compte de la culture perse et estime que « celui que n'avaient pu abattre les armes des Perses fut vaincu par leurs vices ». La déchéance a vraiment commencé par la prise de Babylone en 331. C'est là qu'« Alex » a pris goût à la débauche. Il reste dans cette ville de plaisirs, de vin et d'amour durant de longues semaines. Selon le chroniqueur, le Macédonien s'y adonne à des festins à des heures indues, une passion insensée pour les excès du vin et les veilles prolongées, des jeux, des troupes de courtisanes... Il fait chanter aux captives des chansons à la mode du pays, « grossièrement composées et choquantes pour des oreilles étrangères ». Il faut dire que Babylone n'usurpe pas sa réputation sulfureuse. Selon le même Quinte-Curce, parents et maris y permettent à leurs enfants et femmes de se prostituer à leurs hôtes, pourvu que la débauche soit payée. Cochons mais gestionnaires avisés, les Babyloniens autorisent leurs femmes à tomber le haut et le bas à la fin des banquets. Ce ne sont pas les courtisanes qui se déshonorent ainsi. Ce sont les femmes de distinction et les jeunes filles, pour qui cet avilissement de leur corps en public est considéré comme une politesse.

Sa troupe en vient à considérer Alexandre comme un poivrot et à ourdir contre lui de fréquents complots et mutineries. Vin et peine mêlés exacerbent aussi la cruauté du roi. Comme à la mort d'Héphestion, son « mignon », ami d'enfance et général, en 324. Dans sa *Vie des hommes illustres*, Plutarque nous explique que, fiévreux, celui-ci reçoit pour consigne de Glaucos, son médecin, de s'en tenir à une diète rigoureuse. Et que fait-il ? Au dîner, il s'envoie un chapon rôti et une bonne bouteille de vin bien fraîche. Il meurt quelques jours plus tard. Fou de chagrin, Alexandre fait : interdire toute musique, couper les crins des chevaux de son armée, abattre les créneaux des villes du coin, massacrer le peuple cosséen… et mettre en croix le pauvre Glaucos. Alexandre revient à Babylone après la mort d'Héphestion. Pour y mourir lui-même.

Sur son trépas, les sources antiques divergent. Mais toutes s'accordent pour dire qu'il survient après un nouveau banquet bien arrosé chez l'un de ses amis, le Thessalien Médios. Selon Diodore de Sicile, après avoir vidé une énième coupe, « il fut atteint d'une cruelle douleur comme si on lui eut donné un grand coup ». Selon Plutarque, « il but toute la nuit et le jour suivant, et il commença à avoir la fièvre ». Dix jours plus tard, a priori le 13 juin 323 av. J.-C., Alexandre est mort. Certains soutiennent qu'il aurait en fait été empoisonné au vin par Antipater, devenu régent de Macédoine en son absence.

Médecin légiste et paléopathologiste, Philippe Charlier soupçonne, lui, une polyparasitose, soit l'accumulation de parasites multiples au fur et à mesure des excès et des campagnes dans des contrées exotiques. Dans une étude parue en 2017[3], il diagnostique l'aggravation brutale d'un mauvais état de santé qui existait au préalable : « On sait qu'il festoyait souvent, qu'il consommait beaucoup d'alcool, sans compter les nuits blanches. [...] Son corps était mis à très rude épreuve. Aujourd'hui, on dirait qu'il avait des conduites alimentaires ou comportementales à risque. C'est cet habitus, c'est-à-dire le mode de vie de l'individu, que je mettrais en cause au-delà des deux semaines de fièvre. [...] C'est une vie de conquérant ! Si je devais présenter le cas d'Alexandre lors d'une réunion à l'hôpital, j'indiquerais ceci : "Homme jeune, 32 ans, déplacé sur le plan géographique, mauvaise hygiène de vie sous-jacente, alcoolisme chronique, polyparasitose." » Et les rumeurs antiques d'épilepsie ? Philippe Charlier enfonce le clou : « C'est préférable et plus présentable que de dire qu'il était complètement imbibé d'alcool ! » On pourrait aussi évoquer les maladies sexuellement transmissibles que ce libertin a pu attraper avec toutes ses maîtresses dont Roxanne, en Bactriane, et Stateira (la fille de Darius), en Perse. Ou avec ses amants masculins, dont, certainement, son petit Héphestion.

Alexandre le Grand (buveur) meurt donc avant d'avoir pu défier frontalement Rome. Lui qui voulait fusionner cultures orientales et occidentales part sans successeur et sans fils. Sur son lit de mort, il ne nomme aucun héritier. À la question « Qui gouvernera ? », il répond : « Le plus valeureux d'entre vous ». Conséquence, ses généraux se font la guerre et dilapident rapidement son héritage.

Que ce serait-il passé s'il n'était pas parti si tôt, à trente-deux ans ? On sait qu'il s'apprêtait à marcher sur la péninsule Arabique. Pas difficile de s'imaginer que, après l'est, il se serait intéressé à l'ouest. La Méditerranée, Carthage, l'Espagne, la Sicile lui semblaient promises. La jeune République romaine aurait sûrement eu du mal à prospérer face à un adversaire aussi redoutable. Par chance pour elle, la Première guerre Macédoine-Rome n'aura lieu que bien plus tard (212-205 av. J.-C.). Ayant eu largement le temps de se raffermir, elle en sortira vainqueur.

Bref, à cause de (ou grâce à) l'alcool, aujourd'hui, nous ne parlons pas grec, ne buvons pas d'ouzo et ne vénérons pas plusieurs dieux. Et, malgré le legs immense d'Alexandre le Grand, on en est réduit à faire l'inventaire de ses apports éthyliques à notre monde en marche. Ainsi, suite à son règne, le peuple sogdien introduisit l'art du vin en Chine où un proverbe proclame que « les pensées du cœur sont dévoilées par l'alcool ». De nos jours, les Chinois le boivent souvent mélangé à de la limonade ou du tonic. C'est bien qu'Alexandre ne soit plus là pour voir ça.

---

[1] *Alexandre le Grand ou le roman d'un dieu.* Maurice Druon. Del Duca. 1958.
[2] *Les mystères d'Alexandre le Grand.* Michel de Grèce, Stéphane Allix. Flammarion. 2014.
[3] Hors-série *Pour la science* n° 96.

Chapitre V

Raz de Barfleur (Manche)
25 novembre 1120
Un capitaine soûl provoque une guerre de succession anglaise

Tendez l'oreille : deux cent cinquante personnes ivres mortes, de nuit et en pleine mer, en encouragent cinquante autres : « Chauffeur, si t'es champion, appuie sur le champignon ! » Nous sommes à la fin de l'année 1120. Porté par un fort vent du sud, le tout récent navire la *Blanche-Nef* est parti quelques heures plus tôt de Barfleur (Cotentin). Il suit un autre bateau sur lequel se trouve Henri Ier, roi d'Angleterre. Ce dernier vient de passer quelques jours sur ses terres normandes et rentre au pays.

À bord de la *Blanche-Nef*, c'est la fête. Équipage compris, près de trois cents personnes, dont cent quarante princes et jeunes seigneurs, voguent joyeusement vers la Perfide Albion. C'est beaucoup trop pour un si frêle esquif. Parmi les nobles, Guillaume Adelin, seul fils légitime du roi, accompagné de sa demi-sœur Mathilde du Perche et son demi-frère Richard de Lincoln. Sitôt partie, cette belle engeance fait donner du vin aux cinquante rameurs. Et pas qu'un peu : trois muids sont distribués. À cette époque, un muid contient 268 litres…

Le capitaine, un certain Thomas, n'est pas le moins ivre. Alors, quand Guillaume et ses copains le pressent de rattraper le bateau du roi Henri, il ne se fait pas prier. Pour ce faire, il coupe au plus court. Et le plus court, c'est le raz de Barfleur qui passe au large de la pointe nord-est du Cotentin. Tout le monde, y compris Thomas, sait qu'il faut l'éviter car il est bordé d'écueils à fleur d'eau. Surtout quand la mer est agitée, qu'il fait nuit et qu'on n'y voit rien. Mais Thomas est bourré et subit la pression de deux cent cinquante soûlards.

Dans un horrible craquement, la *Blanche-Nef* heurte violemment un récif. Sa coque s'entrouvre et elle coule à pic. Personne ne sachant nager, tout le monde se noie dans les eaux glaciales de la Manche. Comme Leonardo DiCaprio dans *Titanic* mais sans les icebergs pour rafraîchir le vin. Il semblerait que Guillaume soit monté dans une barque. Mais il fait demi-tour pour secourir Mathilde et son embarcation est renversée par les naufragés qui s'y accrochent désespérément. La *Blanche-Nef* est rouge de sang et de raisin. Seul un Rouennais du nom de Bérold survit pour raconter le drame. Et Thomas ? Selon Bérold, il lui aurait demandé ce qu'était devenu le fils du roi. Apprenant sa mort, il se laisse couler. C'est toujours mieux que de se faire arracher les yeux, torture chérie par Henri. L'épisode est d'autant plus mal vécu que, au Moyen Âge, la noyade est la pire des morts. Elle prive ses victimes du dernier sacrement et, le plus souvent, d'une sépulture. « Toute noyade est une mort indigne, sordide, diabolique, et tout lieu où un navire a fait naufrage passe pour un lieu plus ou moins hanté », explique l'historien Michel Pastoureau dans *Le roi tué par un cochon* (Seuil, 2015).

La mort de Guillaume laisse Henri Ier sans successeur mâle légitime. Le roi choisit Mathilde l'Emperesse – une autre de ses vingt-cinq enfants – pour lui succéder. Mais, à la mort d'Henri en 1135, ses barons la trahissent pour soutenir Étienne de Blois, un cousin. Une guerre civile sanglante éclate. Plus tard, elle prendra le doux nom d'Anarchie anglaise. Étienne devient roi en 1141 mais la guerre ne s'interrompt qu'à sa mort en 1154. Henri II, fils de sa rivale Mathilde, lui succède.

Bilan du goût pour le vin du capitaine Thomas : vingt ans de boucherie et des milliers de morts. Sa soif a même de grandes conséquences sur l'équilibre géopolitique européen. Le mariage de Mathilde l'Emperesse avec Geoffroy V d'Anjou porte la domination anglo-normande jusqu'à la Loire, au détriment de la France. Henri II épousera ensuite Aliénor d'Aquitaine, rayonnant jusqu'aux Pyrénées.

Concernant le naufrage de la *Blanche-Nef*, une bouteille rôde derrière chaque mauvais choix. Contemporain des événements, le moine anglais Orderic Vital les a perfidement listés dans son *Histoire de Normandie*[1]. Initialement, ce n'est pas ce vaisseau qui avait été choisi. Capitaine Thomas a fait jouer les violons en expliquant au roi que son père avait aidé Guillaume le Conquérant (papa d'Henri) dans le passé.

« Mon père a servi le vôtre sur mer toute sa vie ; c'est lui qui l'a porté sur son vaisseau en Angleterre, quand votre père y est allé pour combattre Harold. Seigneur roi. Accordez-moi en fief le même office ; j'ai pour votre royal service un vaisseau bien équipé que l'on appelle la *Blanche-Nef.* » Réponse du monarque : « Je vous confie mes fils que j'aime comme moi-même. » Erreur. Vital blâme ces « jeunes gens étourdis et légers », cet « équipage arrogant, privé de raison par l'ivresse, ces rameurs pleins de vin. [...] Hélas ! Combien ces âmes étaient dénuées d'une pieuse dévotion envers Dieu ! ». Ils ne sont pas du genre à cracher sur du vin de messe mais chassent en riant des prêtres venus les recommander à Dieu avant de lever l'ancre. Erreur bis. À leur décharge, ces inconscients de curés étaient venus avec de l'eau bénite. Erreur ter. Et Vital de jubiler : « Ils ne tardèrent pas à subir la peine de leurs moqueries. » À la vérité, ce moine historien est un dangereux sadique anti-jaja. Au sujet du naufrage, il écrit : « L'eau ne tarda pas à leur remplir la bouche. » Un des rares à faire le bon choix est Étienne de Blois. Orderic Vital affirme qu'il abandonna le navire avant son départ à cause de la diarrhée. De l'avantage de picoler AVANT de partir.

Sept siècles après le drame, en 1860, la *Luna*, un trois-mâts américain reliant Le Havre à La Nouvelle-Orléans, s'échoue au même endroit. Le naufrage fait cent une victimes sur les cent trois personnes à bord. À l'époque, La Nouvelle-Orléans était la capitale de la débauche en Amérique du Nord. Le raz de Barfleur a un vrai problème avec la picole.

---

[1] *Histoire de Normandie*. Orderic Vital. Éditions François Guizot. 1825-1827.

Chapitre VI

Forêt de Chizé (Poitou)
21 mars 1373
La guerre de Cent Ans bascule grâce à un bon petit saumur

Mille Anglais bourrés qui renversent des charrettes et défoncent des tonneaux de vin pour en remplir leurs chapeaux et leurs gants ? Et qui, une fois leur forfait accompli, se mettent à insulter des Français ? Non, vous n'êtes pas à une énième édition du beaujolais nouveau souillée par des rosbifs ivres, mais bien au Moyen Âge, en pleine forêt de Chizé (actuel Deux-Sèvres). En ce 21 mars, au lieu de célébrer sainte Clémence et le premier jour du printemps, les Anglois sont en train de perdre la guerre de Cent Ans entre deux vomis rougeâtres. Grâce à Bertrand du Guesclin qui, connaissant leur goût pour la bouteille, leur a tendu un magnifique piège alcoolisé.

Par cette belle journée de 1373, France et Angleterre se battent depuis presque quarante ans. Jusqu'alors, le conflit a plutôt tourné à l'avantage de la seconde. À 30 kilomètres au sud de Niort, Chizé (bastion anglais du Poitou) est assiégée par Bertrand du Guesclin. Jean d'Évreux – lieutenant du roi Édouard d'Angleterre – ordonne d'exterminer tous les assiégeants sauf leur chef. Il prend la tête d'une armée partie de Niort et fait revêtir à ses soldats une cotte blanche portant la croix de saint Georges.

Les Anglois ont rudement soif en traversant les 5 000 hectares de la forêt de Chizé. À l'ombre des hêtres, ils ont alors une vision de rêve. Face à eux s'avancent deux charrettes chargées de fûts de vin. Du saumur destiné à soutenir les soldats français, prétendent les conducteurs. Autant dire que les Anglais ne s'embarrassent pas de manières pour les soulager d'un tel fardeau. Ils les éjectent, font mettre sur bout (ils les dressent verticalement) les tonneaux et les défoncent. Aussitôt, les sangliers et les cerfs de la plus grande forêt poitevine sont les témoins interloqués d'un croquignolet spectacle. Les déshydratés d'outre-Manche tendent vases et chopines pour goûter au délicieux nectar. Il faut dire qu'ils sont gâtés. Le vin vient de la commune de Montreuil-Bellay (Maine-et-Loire), qui produit, encore aujourd'hui, un petit crémant brut pas piqué des hannetons. À l'époque qui nous intéresse, on est vraisemblablement sur du rouge, un cabernet où mûre et cassis se taillent la part du lion. Ceux qui n'ont pas de récipients s'abreuvent comme ils le peuvent, tendant casques, chapeaux et gantelets.

Dans sa *Chanson de Bertrand du Guesclin* achevée en 1387, Cuvelier, trouvère du connétable, décrit ainsi la scène : « Englois font les vaisseaux des charettes verser. Et puis les vont sur bout tout en l'eure lever. Et pour boire du vin les vont tost défonser. À coiffes, à bacins et à chappiaux de fer. Vont puisier de ce vin, et tant en vont humer. Que li vins lor a fait la cervele troter. En buvant vont François menaçant de tuer. Car le vin fait souvent dire maint fol parler. Si s'en doit bien garder qui ne le puet porter. » Pas besoin d'être un expert du vieux français pour comprendre l'idée : huit cents chevaliers et écuyers et deux cents archers se livrent à une bacchanale épique et forestière.

Quelques heures plus tard, la bataille s'engage. Après son habituelle soupe au vin (la « mijet » du Poitou), du Guesclin prend part au combat et a le bonheur d'affronter un ennemi titubant et à moitié inconscient. Cuvelier note : « De telz en y avoit qui eussent mestier. De dormir, car le vin qui burent ou ramier. Lor avoît esmëu poi le hanepier. » En gros, le vin bu par l'Anglois le rend complètement apathique. Et il a oublié de prendre son anguille. À l'époque, le remède souverain contre la gueule de bois est l'ingestion d'anguilles vivantes. La logique : la créature est censée boire l'alcool restant dans le sang. C'est aussi une excellente source de protéines, de calcium et de diverses vitamines. Donc un excellent moyen de reconstituer les réserves du corps.

Les mercenaires bretons et poitevins formant les troupes d'attaque anglaises trahissent et se rallient aux « François ». Sûrement espéraient-ils d'autres tonneaux de saumur en récompense. Quant à l'Anglais Jean d'Évreux, c'est lui qui est fait prisonnier. Après cette géniale victoire, du Guesclin fait revêtir à deux cents de ses hommes les cottes anglaises. À la vue des croix de saint Georges, les gardes de la ville de Niort abaissent le pont-levis et le connétable prend tranquillement la cité.

Ces deux victoires françaises mettent fin à la domination anglaise dans le Poitou et font basculer la guerre de Cent Ans. Il faudra encore quatre-vingts ans et Jeanne d'Arc pour faire retraverser la Manche aux rosbifs, mais la roue tourne enfin dans le bon sens. Le saumur nous devait bien ça puisqu'il avait pris son envol grâce à l'avènement d'Henri II d'Angleterre au siècle précédent.

Comme vous vous en doutez, la providence n'est pour rien dans cette heureuse rencontre de la forêt. Prévenu de son arrivée par ses espions, c'est Bertrand du Guesclin qui a envoyé les charrettes à la rencontre de l'ennemi ! Dommage pour eux que les Anglois aient ignoré ce vieux proverbe russe : « Mieux vaut de l'eau chez l'ami, qu'hydromel chez l'ennemi. » Le chef de guerre n'a fait ici qu'employer une tactique maintes fois éprouvée. Des Romains beurrant les Celtes d'Hasdrubal à la bataille du

Métaure (207 av. J.-C.) aux Britanniques soûlant les Américains à celle d'Eutaw Springs (1781), le coup est imparable.

L'histoire révèle le sens tactique de du Guesclin. Et son sens de l'alcool. Il a en la matière un CV long comme une journée sans boire. Dès 1350, à trente ans, il avait pris le château breton de Grand-Fougeray en promettant du vin à ses soldats et en les déguisant en bûcherons. En 1357, il s'illustre en ravitaillant la ville assiégée de Rennes en vivres et en vin. En 1365, voulant se rallier Hugues de Calveley, combattant anglais, il l'amadoue en buvant devant lui un verre de bourgogne que celui-ci croit empoisonné : « Sans mentir, voilà un vin excellent. Je n'ose imaginer ce qu'il vous a coûté[1]. » Faussement dupe, il sait que Calveley, vilaine canaille, paie rarement ce qu'il boit. Lors de l'assaut de Sainte-Sévère, en juillet 1372, Cuvelier se réjouit que « Tant burent de bon vin no gent en assaillant. Qu'ils en furent plus fiers que nul lyon rampant. » Pour donner de l'ardeur à ses troupes, du Guesclin leur avait fait apporter des tonneaux où elles pouvaient se servir à volonté.

Après nous avoir tant régalés, Bertrand ne pouvait que partir de la plus belle des façons. C'est ce qu'il fait en juillet 1380 au fort bel âge, pour l'époque, de soixante ans. Car, chose extraordinaire, on raconte qu'il serait mort… d'avoir bu de l'eau ! Il dirigeait alors le siège de Châteauneuf-de-Randon dans le Gévaudan (Lozère). Après plusieurs assauts terribles, il se désaltère à la fontaine de la Clauze. La chaleur de l'été et la rudesse du combat associées à une eau trop froide provoquent une forte fièvre puis une congestion fatale.

Le héros ayant souhaité reposer en Bretagne, son convoi funèbre s'élance illico du Gévaudan vers les Côtes-d'Armor. Il doit être embaumé au Puy-en-Velay mais la forte chaleur fait échouer l'opération et pourrir le corps. On décide alors de le faire bouillir pour détacher les chairs du squelette et les inhumer au couvent des Cordeliers de Montferrand (actuelle Clermont-Ferrand). Et qu'utilise-t-on pour cela ? Une marmite de vin aromatisé d'épices. Sacré Bertrand !

---

[1] *Du Guesclin*. Georges Minois. Fayard. 1993.

Chapitre VII

Paris (France)
28 janvier 1393
Le duc d'Orléans enflamme le bal des Ardents

C'est l'un des événements les plus tragiques et grotesques de l'histoire de France. Le 28 janvier 1393, la reine Isabeau célèbre le remariage de l'une de ses demoiselles d'honneur à l'hôtel Saint-Pol, à Paris, près de l'actuel quai des Célestins. À vingt-deux ans, l'épouse du roi Charles VI est une sacrée fêtarde à qui un prêtre reprocha un jour : « La seule déesse Vénus règne à votre cour. Les bombances et ivresses y font de la nuit le jour et se mêlent aux danses lascives[1] ». Le soir, après les fêtes et banquets, c'est l'heure du bal.

Comme on est contents d'avoir bu toute la journée, on organise un charivari, cortège baroque dans lequel de nombreux musiciens et invités déguisés font du bruit avec toutes sortes d'objets. Dans la grande salle de l'hôtel Saint-Pol résonnent trompettes, cymbales, chalumeaux et autres instruments de musique. Sachez que les chalumeaux n'ont rien à voir avec le drame qui va suivre : à l'époque, ce sont de simples flûtes. C'est alors que Hugonin de Guisay a une lumineuse idée. Le bien-nommé est un gentilhomme du Bourbonnais, écuyer d'honneur du roi. Cinq siècles plus tard, l'historien Louis Phocion Todière le décrira comme « un jeune homme plein de feu et d'esprit ». D'esprit, on ne sait pas. De feu…

L'idée d'Hugonin ? Se déguiser en « sauvages » avec Charles VI, Jean III comte de Joigny, Yvain de Foix, Ogier de Nantouillet et Aymard de Poitiers. Aussitôt dit, aussitôt fait ! Des costumes en lin sont cousus directement sur eux et enduits de poix recouverte de plumes et de poils d'étoupe, dans le but d'apparaître « poilus et velus du chef jusques à la plante du pied[2] », expliquera Jean Froissart, chroniqueur de l'époque. Constituée de résine et goudron, la poix est hautement inflammable. Des masques faits des mêmes matériaux sont placés sur leurs visages. Froissart rapporte qu'ils s'attachent ensuite les uns aux autres avec des chaînes. Sauf le roi. Forcément, on interdit d'allumer les torches de la salle à leur arrivée.

Malheureusement, Louis, frère cadet du roi et duc d'Orléans, n'a pas eu le mémo. Avant que la sarabande ne commence, il débarque accompagné entre autres de son ami Philippe de Bar. Ils sortent vraisemblablement d'une taverne où ils ont descendu des chopines.

Spécialiste du XIVe siècle, Barbara W. Tuchman note qu'ils arrivent après « des dissipations à l'extérieur » (*A Distant Mirror,* – MacMillan, 1979). Orléans est un noceur et un séducteur dont on dit qu'il « hennissait comme un étalon après presque toutes les belles femmes[3] ». On l'accusera même d'avoir troussé Isabeau, sa belle-sœur.

Les sens troublés, Orléans et ses gais lurons s'étonnent que l'on éteigne soudainement les torches. Quelques secondes après, se mettent à retentir cris de loups, insultes et défis lancés à la foule. Le duc pense halluciner et commence à se demander si on n'a pas versé des champignons dans son vin. Plus qu'intrigué, il se saisit… d'une torche et s'approche pour voir de quoi il retourne. Justifiant en cela sa réputation de maladresse. Instantanément, masques, chairs, cheveux et costumes s'enflamment. Et les brandons humains s'agitent pathétiquement dans leurs chaînes. Pendant que, les narines chatouillées par cette odeur de cochon grillé, Isabeau s'évanouit, le roi est sauvé par sa tante, Jeanne de Boulogne, quatorze ans et duchesse de Berry. Elle l'enveloppe immédiatement de sa robe pour étouffer l'âtre. Froissart présente le duc d'Orléans comme responsable : « Ainsi se dérompit cette fête et assemblée de noces en tristesse et ennui, quoique l'époux et l'épouse ne le pussent amender. Car on doit supposer et croire que ce ne fut point leur coulpe, mais celle du duc d'Orléans, qui nul mal n'y pensoit quand il avala la torche. »

Ogier de Nantouillet se libère pour se jeter dans un évier servant à rincer les tasses. Yvain de Foix veut atteindre la porte où ses deux valets l'attendent avec un linge mouillé. En vain. Le moine de Saint-Denis Michel Pintoin écrira que « quatre hommes sont brûlés vifs, alors que leurs organes génitaux tombent au sol, générant un fort épanchement de sang[4] ». Avec le vomi vineux du duc, c'est ton sur ton. Seuls le roi et Nantouillet survivent. Le comte de Joigny meurt tout de suite. Yvain de Foix, Aimery de Poitiers et Hugonin de Guisay agonisent encore deux et trois jours. Ce dernier « en maudissant et insultant ses camarades[5] ». En même temps, c'était son idée. De son côté, le duc s'excuse piteusement : « Si je l'avais pu prévoir, je ne l'aurais fait. » Pour s'amender, il fait construire une chapelle pour les Célestins.

L'accident n'est pas seulement ubuesque, il a aussi des conséquences politiques. Premièrement, il précipite définitivement Charles VI dans la folie, le rendant inapte à gouverner. Ses oncles prennent la régence. Deuxièmement, il exaspère la haine contre le duc d'Orléans et ses « habitudes dissolues » (dixit Tuchman). Il est assassiné sur ordre du duc de Bourgogne en 1407, pour « vice, corruption, sorcellerie, et une longue liste d'offenses publiques et privées ». Sa mort précipite la France dans une guerre civile de plusieurs décennies. Le royaume se divise alors en deux partis, les Armagnacs, partisans du duc d'Orléans, et les Bourguignons, partisans du duc de Bourgogne.

Le bal des Ardents établit durablement la réputation décadente qui accompagne la dynastie des Valois dont fait partie Charles VI. Six mois avant, le 5 août 1392, le roi a été victime d'une crise de démence dans la forêt du Mans, tuant quatre personnes. Il avait beaucoup bu et l'épisode a sûrement été provoqué par un delirium tremens. En 1910, dans la *Revue des Deux Mondes*, le réputé docteur Dupré diagnostique « une psychose intermittente » avec « apparition épisodique à la suite d'incidents infectieux ou toxiques ». Traduction : après une biture. L'alcool accompagnera Charles VI toute sa vie. Lors de son sacre, en novembre 1380 à Reims, les fontaines de la ville crachent du vin. Neuf ans après, il célèbre son adoubement et la mémoire de du Guesclin (encore lui) en la cathédrale de Saint-Denis. Lui et sa troupe scandalisent les moines. « Les seigneurs furent poussés par l'ivresse à de telles débauches que, plusieurs d'entre eux souillèrent sainteté de la maison religieuse, et s'abandonnèrent au libertinage et à l'adultère[6] », témoignera le religieux en chef. Plus tard, Charles rencontre le roi de Bohême, Venceslas (dit « Venceslas l'Ivrogne »), et c'est aux vins de Champagne qu'on attribue la réussite du sommet.

Le plus grand désastre de son règne survient le 25 octobre 1415 lors de la bataille d'Azincourt, lamentablement perdue contre les Anglais. Charles VI meurt trois semaines après, des suites de ses blessures.

Malheureusement, le duc d'Orléans n'était plus là pour lui offrir un petit remontant.

---

[1] *Agnès Sorel et la chevalerie,* volume I. Jean-Baptiste Honoré Raymond Capefigue. Amyot. 1860.
[2] *Jean de Berry.* Françoise Autrand. Arthème Fayard. 2000.
[3] *Charles VII.* Michel Hérubel. Olivier Orban. 1981.
[4] *Les rois fous.* Claude-Henry Du Bord. Éditions du Moment. 2015.
[5] *Ibid.*
[6] *Charles VI.* Georges Bordonove. Pygmalion. 2006.

Chapitre VIII

Constantinople (Empire ottoman)
12 décembre 1574
Hammam fatal pour Selim l'Ivrogne

En 1574, un grand incendie ravage les cuisines du palais de Topkapi, demeure des princes ottomans à Constantinople. L'architecte Mimar Sinan est chargé par le sultan Selim II, dit « l'Ivrogne », de la reconstruction des parties détruites. Il les agrandit et réaménage aussi le harem, les bains, le salon privé et des pavillons annexes. Le 1er décembre, le souverain visite le Kuszur-Hammam. Impatient de voir les travaux achevés, il a choisi de le faire alors que les murs ne sont pas encore secs. Pour supporter l'odeur de l'humidité et les vapeurs de peinture, Selim, à son habitude, vide une bouteille de vin. Et ce qui devait arriver arrive : il glisse sur le sol récemment poli et tombe lourdement.

Relevé et mis au lit, il est pris de fièvre. Il fait alors venir cinq de ses six fils. Ses derniers mots auraient été : « Que je plains ces pauvres enfants. Le premier soin de leur frère sera de les faire mourir[1]. » L'alcool n'avait pas complètement obscurci sa raison car il a vu juste. Aussitôt monté sur le trône, le sixième frangin, Mourad III, les fait étrangler par des serviteurs muets. La sentence est exécutée sous ses yeux, en présence de leurs mères. L'une d'elles se perce de son poignard, tandis que Mourad fait jeter à la mer deux autres, enceintes.

Mais revenons à Selim. Le onzième sultan ottoman meurt le 12 décembre à cinquante ans d'une hémorragie cérébrale. Tel Marat, Claude François, Whitney Houston ou Jim Morrison, il est donc défait par sa salle de bains. Après seulement huit ans de règne. Cohérent jusqu'au bout, il est parti comme il a vécu. En ivrogne et en bourreau de l'héritage de son père, Soliman le Magnifique (1494-1566). Grâce au vin, voilà donc la puissance ottomane débarrassée d'un sultan bien parti pour accélérer son déclin. Malgré sa cruauté, Mourad III sera un meilleur dirigeant, conquérant même une partie du Caucase. Si son père était resté aux affaires, il n'aurait pas fallu attendre 1923 pour voir la fin de l'Empire.

Selim était l'un des cinq fils du grand Soliman. Il avait pris le pouvoir en tuant son frère, Bayezid. Quand il succède à son père, sa réputation de soûlard est déjà bien établie et lui vaut le surnom officieux de « Mest » (l'Ivrogne). Aujourd'hui encore, ce doux sobriquet vexe les plus ardents thuriféraires de l'Empire. Pour avoir osé l'employer à la télévision il y a quelques années, l'écrivain Nedim Gürsel s'attira les foudres de ses compatriotes.

Le premier geste fort de Selim : faire supprimer les édits restrictifs décidés par son père contre la consommation de vin. Pour calmer les foules, on leur explique que l'ivresse de leur leader est d'inspiration divine ! En 1795, dans son ouvrage *Les crimes des empereurs turcs, depuis Osman I jusqu'à Selim IV*, Louis de Lavicomterie de Saint-Samson nous livre une croustillante chronique de son règne : « Selim se livre aux débauches les plus honteuses. C'est lui qui a multiplié le nombre des femmes à l'usage des sultans. Il prenait plaisir à les rassembler en une salle sans autre voile que celui de leurs cheveux, à les voir, les unes à l'aide des autres, commettre des attouchements lubriques. Souvent il s'endormait au milieu de son harem, comme autrefois Silène [père adoptif de Dionysos] environné de bacchantes. Il se vantait de ses excès infâmes et demeurait jusqu'à satiété et lassitude dans la fange de tant de jouissances voluptueuses qui l'ont fait accuser de fainéantise et de lâcheté. On l'a vu épuiser les délices les plus variés pendant huit jours consécutifs. Il aurait sacrifié cent mille têtes pour une cuillerée de plaisir. Son égoïsme hébété concentrait tout en soi-même. » Il aurait eu pour habitude de faire annoncer chaque bouteille ouverte par un coup de canon (non, l'expression « boire un canon » ne vient pas de là, mais c'est bien tenté).

C'est Théophile Lavallée dans son *Histoire de l'Empire ottoman* (1855) qui lui taille la plus belle des tuniques : « C'est le premier des sultan ottomans qui se soit trouvé tout à fait indigne du trône. Dès sa première jeunesse il s'était dégradé, abruti par l'usage immodéré du vin. Paresseux est lâche, il avait toujours préféré le repos du harem aux fatigues de la guerre. Sa petite taille chargée d'embonpoint, son teint enluminé, sa physionomie insignifiante en faisaient un vivant emblème de la décadence de sa nation. »

Sa plus grosse erreur, Selim la fait en attaquant Chypre en 1570. Était-il motivé par le vignoble de Commandaria, considéré alors comme un des meilleurs vins du monde et le favori de Philippe Auguste (1165-1223) ? On ne se permettra pas d'extrapoler sur ce point. Toujours est-il que, malgré un traité de paix signé en 1568 avec le Saint-Empire, l'assoiffé jette ses armées sur l'île contrôlée par Venise. À Nicosie, vingt mille habitants sont massacrés. À Famagouste, les officiers sont coupés en morceaux et livrés aux chiens par des soudards ivres. Tout ça sous le regard lointain de Selim qui, cloîtré dans son sérail, en « ses sens abrutis[2] » laisse son général Moustapha Pacha à la manœuvre. L'assaut sur Chypre est la raison qui pousse, enfin, les Européens à s'unir contre la Sublime Porte ottomane.

Le 7 octobre 1571, au large de Lépante (côte occidentale de la Grèce), la Sainte-Ligue réunie par Pie V leur inflige une cuisante défaite avec deux cents navires et vingt mille hommes perdus. La bataille est un violent coup d'arrêt porté à l'expansionnisme ottoman qui semblait inéluctable. Calfeutré en son palais, Selim a commis l'erreur de rechercher un affrontement direct. Ce désastre panique notre boit-sans-soif. Il transfère son trésor de Constantinople à Bursa avec ses femmes et les jeunes enfants mâles du sérail. Lui-même et ses janissaires se réfugient à Edirne.

Marqué par cet échec, ce grand superstitieux voit, dans les mois qui suivent, s'accumuler les présages. Une comète traverse le ciel ottoman, un tremblement de terre frappe sa capitale et une inondation abîme La Mecque. Mais ce sont des soucis plus domestiques qui accablent Selim. Après avoir perdu un fils et son grand mufti, il a la douleur de voir sa cuisine et sa cave victimes d'un incendie. Il se souvient qu'un tel sort avait touché son aïeul Selim 1er avant sa mort. Reprenant ses esprits, il envoie quand même son sommelier, Mesihaga, refaire les stocks de sa cave en Égypte. Requinqué par le muscat d'Alexandrie, c'est donc le 1er décembre 1574 qu'il fait sa fatale glissade sur le carrelage vernissé de son hammam. Un petit pas pour l'ivresse mais un grand pas pour la préservation de l'Empire ottoman, qui durera encore quatre cent vingt ans.

---

[1] *Les crimes des empereurs turcs, depuis Osman I jusqu'à Sélim IV.* Louis La Vicomterie de Saint-Samson. 1795.

[2] *La Turquie et ses différents peuples.* Henri Mathieu. Dentu. 1857.

Chapitre IX

Boston (Amérique du Nord)
Nuit du 16 au 17 décembre 1773
La révolution américaine doit tout au rhum

Le soir de la sainte Alice, à Boston (Massachusetts), une soixantaine de colons, grimés et costumés en Indiens mohawks, s'emparent de trois navires de la Compagnie britannique des Indes orientales chargés de thé. Ils jettent à l'eau leur cargaison, mécontents que Londres et le roi George III en aient octroyé le monopole à la Compagnie. Ça, c'est l'histoire, très connue, des révoltés de la Tea Party. Mais les choses n'auraient pas dû tourner comme ça.

Quand ils débarquent sur les quais, ces faux Indiens mohawks n'ont évidemment pas en tête de voler des sachets d'Earl Grey pour se faire une petite infusion. Leur plan original est de bloquer le déchargement prévu pour le lendemain. La loi britannique exige le retour à l'envoyeur des marchandises qui n'ont pas été réceptionnées vingt jours après leur arrivée. Les navires auraient alors été forcés de piteusement rentrer en Angleterre. Le souci, c'est que les méninges des assaillants sont totalement embrumées par les liquides alcoolisés qu'ils viennent de s'envoyer dans les caves de la ville. Disons-le clairement, les insurgés de la Tea Party sont ronds comme des queues de pelle ! L'alcool décuplant l'audace et la créativité, les Indiens de pacotille montent dans des canoës et abordent les bateaux. Jetant le plan initial dans le container à verre, ils balancent tout simplement la cargaison à la flotte. « S'ils avaient été sobres, peut-être la nuit eût-elle été différente, constatera la journaliste américaine Susan Cheever. Mais ils n'étaient pas sobres. Ils étaient assez ivres pour changer l'histoire et la changer pour le meilleur[1]. »

L'affaire est d'une importance historique cruciale. En représailles, la Grande-Bretagne prend une série de mesures destinée à rétablir l'ordre. Le conseil du Massachusetts est désormais désigné par le roi, et les officiers de la colonie par le gouverneur. Le port de Boston est fermé et les maisons inoccupées de la ville réquisitionnées pour héberger les soldats britanniques. Ces nouvelles lois, appelées Intolerable Acts par les Américains, sont centrales dans le déclenchement de la révolution américaine. Cette dernière commence formellement en 1775 avec les batailles de Lexington et Concord. Toute cette histoire pour du thé, « cette boisson qui égaie sans enivrer » selon le poète William Cowper ? Bien sûr que non.

La révolution (1775-1783) a été ourdie dans les tavernes de Nouvelle-Angleterre à grandes gorgées de rhum maison ! À l'époque, la seule ville de Boston (seize mille âmes) compte plus d'une centaine de ces cordiaux établissements. Une vingtaine de tenanciers et un producteur de rhum sur deux sont membres des Fils de la Liberté. Or les rigolos qui animèrent la Boston Tea Party font tous partie de cette organisation secrète. Que les tavernes locales soient un foyer de sédition n'était un secret pour personne. Le Bostonien et futur président John Adams aimait les fréquenter pour prendre le pouls du peuple. Il entendit un jour des buveurs se plaindre : « L'oppression rendra fous les sages ! » L'épicentre de la fronde est la Green Dragon Tavern. On l'appellera plus tard « le quartier général de la révolution ». Dans son sous-sol palpite le cœur bouillant de la nation en gestation. Le futur général Joseph Warren, Paul Revere, ainsi que des membres de la société The Loyal Nine (dont pas mal de bouilleurs de cru) s'y retrouvent et tâchent d'embrigader la classe ouvrière à grand renfort de tournées. The Loyal Nine est l'équivalent des Fils de la Liberté.

Au Green Dragon, la ferveur indépendantiste est inversement proportionnelle au niveau des verres de bière, rhum et punch maison. C'est aussi de cet établissement que partira à cheval, deux ans plus tard, Paul Revere pour Lexington, afin d'y prévenir ses frères d'armes des mouvements de troupes britanniques. L'épisode mythique est connu par les petits écoliers américains sous le nom de « Midnight Ride ». En chemin, il s'arrête d'ailleurs chez Isaac Hall, révolutionnaire et un des plus grands producteurs de rhum de la région.

Quelques mois avant la Tea Party, les joyeux buveurs ont incendié le *Gaspée*, goélette des douanes britannique chargée de contrôler les navires marchands. Ils harcèlent les fonctionnaires de Sa Gracieuse Majesté. En janvier 1774, un officier des douanes de Boston sera forcé d'avaler du thé bouillant, fouetté et passé au goudron et aux plumes.

Mais le problème d'un plan né dans une taverne, c'est qu'il ne brille pas par sa discrétion. Avant même l'assaut du 16 décembre, une chanson est créée à sa gloire : « Mohawks, sortez vos haches ! Dites au roi George que nous ne paierons pas d'impôts sur son thé étranger ! Ses menaces sont vaines et il est vain de forcer nos filles et nos femmes à boire son vil thé ! Rassemblez les garçons et rencontrons nos chefs au Green Dragon ! »

Aujourd'hui, la Green Dragon Tavern existe encore et on peut y déguster un « plateau de la liberté » à base de nachos, *onion rings* et moutarde pour 16 dollars. En revanche, sa carte de cocktails n'en comprend aucun à base de rhum. Sacrilège !

Rembobinons jusqu'à la découverte du Nouveau Monde. En 1493, Christophe Colomb apporte des boutures de canne à sucre à Hispaniola (Haïti). Elle s'y développe de manière exponentielle. Les autochtones amérindiens sont massacrés quand ils refusent d'être employés dans les champs et des Africains sont déportés pour faire tourner plantations et raffineries. Lors du raffinage, une matière noire, visqueuse, collante et à l'odeur désagréable se détache : la mélasse. Un jour, un petit malin découvre qu'on peut distiller ce résidu si on le laisse fermenter suffisamment. Il donne alors – youpi ! – une boisson à haute teneur en alcool. Le raffinage de quatre quintaux de sucre produit jusqu'à trois quintaux de mélasse. Les plus doués sont les planteurs de la Barbade. Ils produisent à tire-larigot un rhum très apprécié des marins et corsaires. Dans *L'Île au trésor* (Robert Louis Stevenson, 1883), le vieux loup de mer Billy Bones est très clair : « Le rhum était mon pain, mon vin, mon pays, mon ami, mon tout. » Les Barbadiens picolent pas mal aussi : 45 litres de rhum par an et par personne au XVIIIe siècle. Dans son *Histoire naturelle de la Barbade* (1750), le révérend gallois Griffith Hugues le considère comme un excellent diluant pour fluidifier le sang et conserver la santé. On l'appelle le « *kill devil* ».

Ce « tueur de démon » s'invite dans le commerce triangulaire. En Afrique, pour 112 gallons, les chefs de tribu vous offrent un adulte. Pour 48, vous avez une petite fille. Pour 52, un petit garçon. À force, les « Puritains » se mettent à fabriquer le leur et importent également de la mélasse. Le souci, c'est que ces radins préfèrent la mélasse antillaise française, moins chère. La Perfide Albion décide donc de taxer la mélasse non britannique à 6 pences par gallon : c'est le Molasses (mélasse) Act (1733). Les habitants s'en fichent : ils fraudent… et commencent à ruminer leur indépendance. En 1763, la colonie compte cent cinquante-neuf distilleries ! La moitié du rhum consommé est produite sur place et la distillerie représente la deuxième activité manufacturière locale. Ça sent la contrebande à plein nez.

La même année 1763, ruiné par la guerre de Sept Ans, le roi d'Angleterre aggrave son cas. Il instaure le Sugar Act qui taxe notamment les importations de vin. Riposte des colonies : « Pas de taxation sans représentation ». Ils veulent siéger au Parlement de la Couronne. Celle-ci refuse. C'est à ce moment que sont créés les Fils de la Liberté. Enfin, en 1773, c'est le Tea Act. Le Parlement favorise le thé indien au détriment de son rival hollandais. On connaît la suite.

La guerre d'Indépendance qui suit est rude. Notamment parce que le ravitaillement en rhum est déplorable. En 1780, le colonel Horatio Gates est sur le point d'attaquer l'ennemi anglais en Caroline du Sud. Les flasques de ses hommes étant vides, il leur distribue de la mélasse pure. Erreur. Le lendemain, lors de l'attaque, la troupe se disperse dans les buissons environnants pour se soulager d'un très pressant besoin. Pour avoir oublié que la mélasse fait un excellent laxatif, Gates perd la bataille. Un an plus tard, à Eutaw Springs, les Britanniques sont attaqués par surprise et les colons s'emparent de leurs tonneaux. Les Tuniques rouges anglaises attendent patiemment que les degrés fassent leur effet, contre-attaquent et l'emportent. Malgré ces avanies, en 1783, le pays est indépendant et le rhum sa boisson nationale. Pour ne pas être en reste, la France a envoyé aux insurgés américains le secours du vice-amiral Pierre André de Suffren. Un Bacchus sur pattes qui navigue avec son propre sommelier et carbure au punch. Un siècle après, le whisky prendra le dessus grâce à l'abolition de sa taxation par le président Thomas Jefferson et à l'essor du maïs.

Quelle que soit la période, l'histoire américaine empeste l'alcool. En 1620, les passagers du vaisseau marchand le *Mayflower* ne disposent pas d'eau potable et doivent boire de la bière. Ils auraient accosté au cap Cod plutôt qu'en Virginie, parce que leurs pintes étaient vides. Ils seront les premiers colons à s'établir durablement en Nouvelle-Angleterre. Dès le XVIIIe siècle, la colonie américaine acquiert la réputation d'être une terre d'ivrognes. Dans les années 1730, le journal le plus populaire des colonies américaines, le *Pennsylvania Gazette*, s'amuse à publier une liste de deux cent vingt expressions qualifiant l'ivresse. Il donne aussi les solutions des pays étrangers pour affronter ce fléau. L'auteur de ces articles ? Le propriétaire du journal, Benjamin Franklin. Ironique quand l'on sait que la plupart des Pères fondateurs avaient des liens avec l'alcool, comme vignerons, brasseurs ou distillateurs. Après la guerre, les trois premiers présidents – George Washington, Samuel Adams et Thomas Jefferson – favorisent l'essor de la fabrication de la bière.

George Washington doit sa carrière politique au tord-boyaux. En 1756, lors de sa première campagne pour être élu en Virginie, ce vertueux personnage refuse de payer des tournées aux potentiels électeurs. Il perd. Deux ans plus tard, il offre 500 litres d'alcool. Il gagne. Pour fêter ça, George distribue un baril de punch, 35 gallons de vin et 43 de cidre mousseux à la populace. Bien qu'austère, Washington a la réputation de devenir disert quand il a quelques verres de champagne dans le cornet. En 1789, il est élu président. Et n'oubliera jamais que, pour séduire le peuple, il faut l'enivrer. Après son second mandat il se retire sur ses terres de Virginie. Grâce aux esclaves, il y fait prospérer son exploitation et crée une distillerie qui produit du brandy. Dans sa plantation, il a un tarif prévu pour un jardinier qu'il apprécie : 4 dollars à Noël pour s'enivrer, 4 à Pâques aux mêmes fins, deux autres à Pentecôte, un grog au dîner ainsi qu'une pièce pour un coup le matin. Il part quand même en guerre contre l'alcoolisme, au prétexte qu'il en connaît les méfaits, lui qui, jeune, fréquentait tripots et salles de billard.

Car l'Amérique est une ingrate. Au lieu de célébrer le dieu alcool, elle le combat violemment. Peu après l'indépendance, deux cents fermiers du Connecticut se rassemblent pour constituer le premier groupement antialcoolique. En 1805, est fondée une

« *sober society* » dans le New Jersey. Au XVIIIe siècle, Washington n'est plus aux manettes mais ce combat devient une cause nationale menée par les femmes. Ne pouvant compter que sur leurs hommes pour subvenir à leurs besoins, elles fustigent cette envahissante maîtresse qu'est la bouteille. Fondée en 1874, la Women's Christian Temperance Union compte deux cent cinquante mille membres à la fin de ce siècle. Elles s'invitent dans les saloons pour y chanter des cantiques à genoux. De quoi faire dessoûler n'importe quel poivrot, même un type comme Ulysses S. Grant. Avant de devenir président (1869-1877), ce fut un indécrottable loser qui se fit virer de l'armée à cause de son goût pour le bourbon. Pour plaire à ses électeurs, Ulysse finira par faire amende honorable, déclarant que « le vice de l'intempérance n'a pas joué qu'un petit rôle dans [sa] décision de démissionner[2] ».

La Prohibition (1919-1933) découle naturellement de ce mouvement de fond. Cette période terrible permet à un pisse-froid comme l'inventeur Thomas Edison de déclarer : « Je suis végétarien et antialcoolique : ainsi je peux faire un meilleur usage de mon cerveau. » C'est le même qui, avant la Prohibition, se rinçait la glotte au vin Mariani, mélange de bordeaux et de feuilles de coca. À sa duplicité, on préfère l'honnêteté de John Adams qui écrit en 1818 au sénateur William Tudor : « Je ne sais pas pourquoi nous devrions avoir honte d'avouer que la mélasse a constitué un élément essentiel de l'indépendance américaine. Beaucoup de grands événements ont des causes beaucoup plus banales encore[3]. » Bien dit, car soyons clairs : sans le divin tord-boyaux, la capitale de l'Amérique serait encore Londres et trois cent vingt-huit millions d'habitants seraient obligés de boire de l'eau chaude à 17 heures. Pouah.

[1] *Drinking In America*. Susan Cheever. Twelve. 2016.
[2] *Rewarding Virtue : The Presidency and Benjamin Franklin's Plan for Moral Perfection*. Joseph Walwik. Hamilton Books. 2008.
[3] Magazine *Books* n° 102, novembre 2019.

Chapitre X

Paris (France)
10 au 13 juillet 1789
La Révolution française déclenchée par le jaja

10 juillet 1789, barrière Papillon du mur des Fermiers généraux. Des pierres lancées d'un immeuble s'abattent sur des employés qui fouillent un type soupçonné de transporter des vessies d'eau-de-vie. Le 11 au matin, l'affaire conduit plusieurs centaines d'individus, portant pioches, pelles, grosses pierres et pavés, à prendre d'assaut la barrière Saint-Martin. Plus tard dans la journée, Louis XVI renvoie Necker, directeur général des Finances. Dès que la nouvelle se propage, le peuple de Paris est mécontent, craignant que ce renvoi n'entraîne une hausse des prix. Le soir, avisés de la disgrâce de Necker, des émeutiers attaquent et brûlent la barrière Blanche, au carrefour de la rue Saint-Lazare et de la rue de la Chaussée-d'Antin. C'est la « guerre des barrières ». Les flammes

qui montent dans le ciel de Paris donnent le top départ de la Révolution.

À midi le lendemain, l'avocat et journaliste Camille Desmoulins excite la foule au Palais-Royal. Il en appelle aux armes contre le gouvernement. Élevé au vin picard – « qui donne la colique et fait danser les chèvres », moquait un dicton du XVe siècle – Desmoulins est un bon vivant. Invité chez Mirabeau deux mois plus tard, il écrira : « Ses vins de Bordeaux et son marasquin ont leur prix que je cherche vainement à me dissimuler, et j'ai toutes les peines du monde à reprendre mon austérité républicaine et à détester les aristocrates, dont le crime est de tenir ces excellents dîners[1]. » D'une manière générale, Camille a un génial penchant à voir le monde par le fond de la bouteille. Lors de la fusillade qui ensanglantera le Champ-de-Mars le 17 juillet 1791, il blâmera la cavalerie du marquis de Lafayette et sa « soif du sang allumée par la double ivresse du vin et de la vengeance[2] ».

Mais revenons au 12 juillet 1789. Dans l'après-midi, au jardin des Tuileries, des manifestants défilent en brandissant le buste de Necker recouvert de crêpe noir. Le prince de Lambesc les fait charger place de la Concorde pendant que, de la terrasse des Tuileries, la foule lui jette des bouteilles. Dans la foulée, les 12 et 13, quarante des cinquante-cinq barrières donnant accès à Paris sont brûlées. Marchands de vin et vignerons se joignent aux incendiaires qui trouvent vite leur cri de ralliement : « Vive le vin à 3 sous ! À bas le vin à 12 sous ! » On attaque aussi au nom du Tiers-État. Les provisions de vin personnelles – des centaines de bouteilles – des employés de l'octroi sont rageusement pillées. Parallèlement, les ports parisiens dans lesquels est débarqué le vin sont attaqués. Le 14 juillet, c'est la prise de la Bastille.

« La chute de la forteresse vole la vedette aux barrières et occulte presque cet événement négligé. Il faut redonner la juste place qui revient à la chute des barrières », note Momcilo Markovic dans *Paris brûle ! L'incendie des barrières de l'octroi en juillet 1789* (Éditions L'Harmattan, 2019). Comme l'avait déjà relevé l'historien Haïm Burstin, pour une frange non négligeable de la population parisienne, le vrai symbole du despotisme était constitué par les édifices de l'octroi, les bureaux et l'enceinte de la Ferme générale, bien plus que par les remparts de la Bastille. D'ailleurs, pendant qu'elle brûle, de nombreux émeutiers s'agitent encore sur les octrois d'Orléans et de Montparnasse. Qu'est-ce qu'il n'aura pas fallu faire pour payer sa chopine au juste prix !

Mais ce mur des Fermiers généraux qui a tant énervé nos assoiffés révolutionnaires, c'est quoi au juste ? En 1784, la Couronne décide de construire cette enceinte autour de Paris pour taxer les produits y entrant, dont le vin. En 1785, l'architecte Claude Nicolas Ledoux édifie cinquante-sept barrières reliées par une enceinte de 24 kilomètres. Le projet est surtout d'englober les guinguettes, situées au nord, dans le périmètre de la cité. Car contrôler l'entrée et la consommation du vin dans la cité a toujours été une obsession parisienne. Comme toujours avec l'alcool, la raison officielle est qu'il faut juguler les différents débordements que l'absorption déraisonnée de « rouquin » pourrait générer en ville. La vérité, c'est que les autorités tiennent là une source intarissable de profits.

Dès 1351, la bourgeoisie parisienne établit le corps des « vendeurs de vin ». De bêtes contrôleurs en fait. Le corps des « jurés vendeurs de vin » est ensuite créé par une ordonnance royale de 1416. Sa fonction principale est de protéger de la fraude le marché parisien. Bien avant la construction du mur des Fermiers, l'entrée du pinard dans Paname est donc lourdement taxée. Et pour les fonctionnaires chargés de la besogne, ça n'est pas une sinécure.

Un arrêt du Conseil de Paris du 18 juin 1639 rapporte des « voies de fait, forces et violences commises sur lesdits gardes par des habitants des villages de Villejuif, Gentilly, Ivry et autres lieux circonvoisins et des faubourgs Saint-Victor et Saint-Marcel qui, jour et nuit, transportent du vin desdits lieux et faubourgs en grandes cruches et barils sans payer aucun droit d'entrée, escortés de plus de 100 personnes armées de bestons, espées, pistollets et arquebuses qui enferment les commis dans les bureaux, battent et excèdent lesdits gardes et les empêchent de faire leurs charges[3] ». En dépit de protestations de plus en plus violentes, le taux de la taxe monte inexorablement dans le siècle précédant la Révolution. En

1680 : 15 livres par muid (1,8 mètre cube) pour le vin amené par charroi. En 1719 : 20 puis 23 livres. En 1765 : 52 livres…

Cette taxe est perçue à l'entrée de la ville. Mais ça commence et ça finit où, Paris ? Le cadastrage est motivé par des raisons bêtement financières. Louis XIII ordonne en 1638 de jalonner par des bornes le pourtour de sa cité. Il en profite pour inclure les faubourgs Saint-Germain-des-Prés, Saint-Jacques, Saint-Marcel et Saint-Victor, jusqu'alors des villages. Louis XIV ordonne ensuite une nouvelle plantation de bornes au nord de Paris, au-delà des portes Saint-Honoré et Saint-Denis. On est à environ 2 kilomètres du centre.

Très tôt, les Parisiens sont donc obligés de crapahuter pour aller consommer le vin quasi directement auprès du producteur. C'est pour satisfaire ce bien naturel besoin que de petits malins créent les guinguettes. Sous la tonnelle, le demi-million d'habitants de la fin du XVIIIe siècle peut boire un litron quatre fois moins cher qu'en ville ! Le tout en jouant aux boules et aux quilles. Plus qu'un lieu de fête, elles finissent par être quotidiennement visitées par les ouvriers y achetant nourriture et boissons. Comme le dit une chanson de l'époque : « Voir Paris sans voir la Courtille/Où le peuple joyeux fourmille/ Sans fréquenter les Porcherons/Le rendez-vous des bons lurons/C'est voir Rome sans voir le pape. » Ou encore : « Vous boirez tant dans ces bachiques lieux/ Que le vin vous sortira par les yeux. »

Avant la Révolution, le vignoble dans et autour de Paris couvre 24 000 hectares, faisant de lui le plus important de France. Une piquette souvent infâme bien éloignée du vin des coteaux de Suresnes qui régalait Henri IV deux siècles plus tôt. En 1789, la fraude est donc la règle aux portes de la capitale. Et, dans un climat national pré-insurrectionnel, les employés de l'octroi et les juges hésitent à sévir. Peut-être sont-ils aussi admiratifs de l'incroyable ingéniosité des buveurs.

Dans un rapport du 1er juillet 1788, Ethis de Corny, procureur du roi et de la ville de Paris, fait mention de tuyaux de fer-blanc ou de taffetas gommé courant sous l'octroi et reliant une maison à une autre. Près de quatre-vingts tuyaux ont alors été découverts ! Les fraudeurs regardent aussi vers le haut. Un dénommé Villette a fait construire un grenier surplombant sa maison de la rue Montholon, à l'extérieur de la barrière. De là, il envoie des sacs de vinasse par-dessus l'octroi. Chaque nuit, il en passe ainsi jusqu'à 10 000 livres (1 livre correspondant à 500 grammes) ! Un dénommé Monnier jette, à l'aide d'une petite catapulte, des ballons remplis d'eau-de-vie et de vin dans un marais situé en ville. Quand la maréchaussée veut intervenir, elle reçoit pierres et coups de bâton. Ce Monnier possède bien sûr vignobles et ginguettes. Il est très riche et revêtu de la dignité de « garde de ville » !

Le mur d'octroi « et d'effroi » (dixit Maxime Ducamp) est donc haï, symbole du pouvoir despotique de Louis XVI. On fait circuler ce vers : « Le mur murant Paris rend Paris murmurant. » En 1781, dans son *Tableau de Paris*, l'écrivain Louis-Sébastien Mercier (1740-1814) fustige « l'inconcevable muraille » : « Faire payer le peuple pour le faire payer davantage, quoi de plus heureux ? » « De la visite des commis de barrières et des Aydes [tribunaux fiscaux], délivrez-nous Seigneur », implore même une estampe de l'époque… Pendant la nuit du 12 au 13 juillet 1789, les insurgés se régalent donc à chasser les commis sévissant aux barrières et à brûler leurs registres maudits relatant passages et impositions.

Fin de l'histoire ? Malheureusement non, loin de là. Dès le 16 juillet, les révolutionnaires de l'Assemblée nationale rétablissent des barrières en bois et maintiennent les taxes ! La garde nationale les fait respecter, renforcée par la création du corps des « chasseurs aux barrières ». En 1790, près de 500 000 mètres cubes de vin sont taxés.

Cette ingratitude est significative du déni des zélotes de la Révolution. Fin 1790, la cour des Aydes lance une procédure contre les incendiaires de juillet 1789. Pour Clément de Barville, le procureur général, ceux qui ont participé aux incendies « n'ont été entraînés que par une ivresse involontaire et un délire passager ». Au XIXe siècle, l'historien Hippolyte Taine l'écrira avec dégoût : les émeutiers sont la « lie de la société […] car ce que veut "la populace", c'est le "vin à bon marché" ». Ben oui, et alors ?

En 1790, douze (sur des milliers !) personnes sont donc arrêtées pour être jugées. Avant le procès, l'Assemblée nationale casse la procédure et fait relâcher tous les prévenus. Mais le périmètre de l'octroi est agrandi.

Le 20 janvier 1791, l'Assemblée nationale constituante proclame enfin la suppression des octrois perçus à l'entrée de Paris et de toutes les villes à partir du 1er mai. Il aura pour cela fallu de nouveaux combats et des morts à la barrière de La Chapelle. Le 19 février, le vin est décrété « boisson égalitaire, républicaine et patriote » ! Le 1er mai est donc jour de liesse. Trois cent quarante et un chariots de vin et 270 839 livres d'eau-de-vie d'Orléans entrent librement. Les Parisiens sont ivres de bonheur et dansent à l'octroi des Champs-Élysées. L'orchestre de la Garde nationale fait le tour de la ville en jouant, les barrières sont détruites, comme les bureaux de perception. Pour célébrer le vin à prix coûtant, on fait même tonner les canons des ponts des Invalides et du Pont-Neuf !

Mais le combat éthylique est un combat sans fin. La loi du 27 vendémiaire an VII (18 octobre 1798) rétablit à Paris un soi-disant « octroi municipal de bienfaisance ». En 1832, dans un discours, un compagnon charpentier se plaint de devoir « vider à la régalade des potées d'eau qui nous gonflent l'estomac sans le fortifier. Et pourquoi ne buvons-nous pas du vin à nos repas ? [...] La chopine de vin qui, sans ces maudits droits, ne vaudrait que 4 sous en vaut 7[4]. » Et le charpentier d'avancer cet argument imparable : à cause de l'octroi, les ouvriers doivent boire de l'eau-de-vie, moins chère. « Cela détruit des ménages et des santés ! »

La révolution de 1848 se fait donc aux cris de « Vive la réforme ! À bas les octrois ! » Éternel recommencement… Le 3 décembre 1851, sur proposition de Victor Hugo, les députés votent un nouveau décret : « Les octrois sont abolis dans toute l'étendue du territoire de la République. » Rien d'étonnant de la part de l'auteur du poème *Dernière Gerbe*. Mais rien ne se passe. Le 12 septembre 1885, nouveau vote au Parlement… mais aucune mise en application ne suit ces décisions. D'autres inopérantes propositions de loi suivront en 1895 et 1906.

Au XIXe siècle, plus que jamais, l'octroi est donc un symbole à démolir pour les contestataires. D'illustres soiffards comme Alphonse de Lamartine, Léon Faucher ou Émile de Girardin prennent parti pour sa suppression. L'octroi compte même un employé devenu star en la personne du Mayennais Henri Rousseau, commis de deuxième classe de 1870 à 1893. C'est par dérision qu'il est surnommé par Alfred Jarry le « Douanier Rousseau ». Quand il mourra de la gangrène le 2 septembre 1910, à l'hôpital Necker de Paris, il sera porté dans les registres comme « alcoolique ». Le 10 janvier 1894, une tribune titrée « À bas les octrois ! » pète dans le *Bulletin officiel des boissons*. Ses signataires se disent appuyés par les parlementaires du Midi et sont très clairs : si Paris s'obstine à taxer le vin, la province refusera bientôt de réceptionner ce que la capitale lui envoie ! Mais Paname persiste dans sa politique antipicrate.

Il faudra attendre Pierre Laval pour qu'un terme définitif soit mis à l'existence des octrois. Le 2 juillet 1943, le chef du gouvernement fait voter cette suppression qui est officiellement active en 1948. L'Histoire retiendra donc que c'est grâce à Vichy que le vin est entré librement dans Paris.

---

[1] *Œuvres de Camille Desmoulins*. Charpentier Éditeurs. 1874.

[2] *Camille Desmoulins et Roch Marcandier : la presse révolutionnaire*. Édouard Fleury. Didier Éditeur. 1852.

[3] *Le roman de l'alcool.* Pierre Fouquet, Martine de Borde. Seghers. 1986.

[4] Consultable sur le site gallica.bnf.fr

Chapitre XI

Paris (France)
28 août 1844
Le marxisme, fruit d'une beuverie de dix jours !

Si vous passez à l'angle de la place du Palais-Royal et de la rue Saint-Honoré à Paris, ayez une pensée pour Karl Marx et Friedrich Engels. Figurez-vous que c'est là, à Paris, qu'est né le marxisme.

Entre 1681 et 1854, l'adresse abrite le célébrissime Café de la Régence. Carrefour des idées, le lieu est aussi une place forte du jeu d'échecs. Au fil des années, il sera fréquenté par de beaux esprits comme Diderot, Rousseau, Alfred de Musset, Jules Grévy ou Benjamin Franklin. On dit même que Napoléon le hanta vers 1798. Dans son roman *Le neveu de Rameau* (rédigé vers 1860), Diderot décrit ainsi l'endroit : « Paris est l'endroit du monde, et le Café de la Régence est l'endroit de Paris, où l'on joue le mieux le jeu d'échecs. »

En août 1844, Marx et Engels ont respectivement vingt-six et vingt-trois ans. Marx dirige à Paris les *Annales franco-allemandes* avec Arnold Ruge. Dans le film *Le jeune Karl Marx* (Raoul Peck, 2017), il croise Engels dans le salon de Ruge. « Le Maure » (surnom de Karl) traite Friedrich « d'amateur cousu d'or cherchant à distraire son oisiveté en s'encanaillant dans les faubourgs ». Le fils d'industriel (c'est vrai qu'il est blindé) encaisse en sirotant du chablis 1839.

Le 28 août, ils se retrouvent à la Régence pour boire absinthe et bière. Marx est calmé et leur amitié se révèle. Marx sera pauvre toute sa vie et a du mal à refuser quand on lui offre une chopine. Comme l'explique le biographe d'Engels, Tristram Hunt[1], « dix jours d'agapes à la bière scellèrent une connivence personnelle et idéologique qui ne se dissoudrait que dans la mort ». Tout en jouant aux échecs, les deux Prussiens se découvrent une extraordinaire affinité philosophique et éthylique.

Arrivé à Paris à l'automne précédent avec sa femme Jenny, Marx y est déjà ami avec le poète rhénan Heinrich Heine, un type qui décrit Munich comme « lovée entre l'art et la bière comme un village entre deux collines ». Avec Jenny, ils mènent la vie de bohème, traînant au lit à lire les journaux, se levant à 5 heures du soir pour gagner les cafés, ou le domicile de Bakounine, jusqu'à 5 heures du matin.

Paris sert de décor à la gestation de la Ligue des Communistes en gestation. Walter Benjamin la décrira comme « la capitale du XIXe siècle ». Et Ruge comme « le grand laboratoire où l'histoire mondiale se forme et prend sa source toujours vive. Notre philosophie ne pourra triompher qu'après s'être frottée à Paris pour mieux s'imprégner de l'esprit français ». Et en ressortir trempée de bibine.

Quand Engels débarque dans la vie de Marx, celui-ci a un vide à combler : Jenny est partie à Trèves pour élever « Jennychen », leur fille âgée de 4 mois, à la santé fragile. Sortant ivres de la Régence, c'est donc naturellement vers le domicile de la famille, rue Vaneau, qu'ils se dirigent pour continuer la conversation. La rue de Babylone est toute proche et leurs démarches zigzagantes semblent un vibrant hommage aux dissolues mœurs mésopotamiennes. Commencent alors « dix jours de longues veillées copieusement arrosées au vin », selon le journaliste britannique Francis Wheen[2].

Dans ces heures cruciales pour l'avenir de l'humanité, Marx aurait prononcé la phrase : « Jusqu'ici les philosophes se sont contentés d'interpréter le monde, alors qu'il faut le transformer. » Elle conclura ses *Thèses sur Feuerbach* publiées au printemps suivant. Entre deux tournées, Karl et son nouveau copain adoptent le *modus operandi* qui sera le leur durant les quarante années suivantes. Ils pensent à voix haute puis Marx dicte et Engels écrit. En quelques jours, sont rédigés quatre chapitres de ce qui ne doit être qu'un pamphlet. Quand son copain quitte Paris, Marx rajoute trois cents pages et c'est un livre complet, *La Sainte Famille*, qui sort en février 1845. Comme l'écrira Roland Barthes un siècle plus tard dans *Mythologies* (Seuil, 1957) : « Le vin devient pour nombre d'intellectuels une substance médiumnique qui les conduit vers la force originelle de la nature. »

Avec ce coup d'éclat, le tandem se fait remarquer et ce n'est que le début. En octobre 1846, c'est à leur ex-idole, le fils de brasseur Pierre-Joseph Proudhon, qu'il taille un beau frac avec *Philosophie de la misère*. Comme on le sait, le moyen le plus rapide de se faire une réputation reste de flétrir celle des autres.

Cette collaboration ultra-féconde débouchera notamment sur *Le manifeste du parti communiste* (1848) et *Le capital* dont Engels publiera les livres II et III après la mort de son ami en 1883. *In fine*, elle donnera naissance à une idéologie qui bouleverse le XXe siècle. Tout ça à cause de quelques litres d'absinthe, de bière et de vin ? Il est difficile de nier que l'alcool occupera toujours une place-clé dans la vie des deux fauteurs de troubles. Ils ont chacun un sacré pedigree.

Marx vient de Trèves, ville qui tire une bonne partie de ses revenus de la vigne avec les vins effervescents de Wawern ou de Trittenheim. En 1835, son père l'envoie faire des études, d'abord à Bonn puis à Berlin où il suit des cours d'histoire et de philosophie. Karl s'y fait remarquer par son charisme et son amour des nuits et bières blanches. Il prend l'habitude, qui ne le quittera jamais, de fumer, boire, lire et travailler tard dans la nuit. Le futur apôtre de la gratuité dépense sans compter dans les bars. Il contracte des dettes et finit même au poste pour ivresse et tapage nocturne. Papa Heinrich est furieux.

La santé de son rejeton pâtit de ces excès. Dans les années 1860, alors qu'il est tout juste quadragénaire, il souffre déjà de dents gâtées, de crises d'hémorroïdes et de gros problèmes de foie. Il finira diabétique et tuberculeux. Au lendemain de leurs bringues, Engels se réveille, lui, frais et dispo. Comme Karl met deux semaines à s'en remettre, Jenny supplie son pote de modérer leurs ardeurs. Heureusement, le XIXe siècle est prodigue en remèdes anti-gueule de bois. On conseille aux personnes qui sont témoins d'un coma éthylique de verser du vinaigre dans la gorge de la victime et de lui masser les tempes. Si ça ne marche pas, il faut lui jeter un seau d'eau au visage. Rien de révolutionnaire, mais on peut aussi essayer le lait mélangé à des cendres pour éviter les nausées.

À cause des dits élans, le mariage de Jenny et Karl faillit d'ailleurs ne jamais se faire. Hostile à Karl, Ferdinand von Westphalen, le demi-frère de Jenny, fait réaliser une enquête sur sa vie à Berlin. Il en ressort que son potentiel futur beau-frère passe l'essentiel de son temps dans les cafés, à se goberger de vin et de bière, fumer de gros cigares noirs et pérorer au milieu d'athées militants. Heureusement, Johann, papa de Jenny, a Karl à la bonne et les noces ont bien lieu. Un quart de siècle plus tard, Marx choisira pour gendre Paul Lafargue, fils d'un négociant en vins bordelais.

Cette hygiène de vie alcoolisée est chroniquée par les espions que les gouvernements envoient épier l'agitateur. En 1852, la Prusse dépêche à Londres Wilhelm Stieber – futur chef des services secrets de Bismarck. Son rapport est destiné au ministre de l'Intérieur… un certain Ferdinand von Westphalen ! Il détaille ainsi la vie de Marx dans le misérable logis familial de Dean Street : « Il mène une existence de bohémien. Se laver, prendre soin de sa personne, changer de sous-vêtement sont des événements rares chez lui. Souvent il est ivre, souvent il flâne toute la journée. Il n'a pas d'heure fixe pour dormir. Souvent il reste debout toute la nuit et, à midi, il s'étend sur un sofa tout habillé et dort jusqu'au soir, indifférent aux allées et venues autour de lui. »

Amateur de vins et de liqueurs, il est gâté par Engels qui lui envoie des paniers de bordeaux, de porto et de sherry. Quand ceux-ci tardent, il s'impatiente. Ils s'écrivent deux à trois fois par jour. Pour Marx, l'alcool est carrément un médicament : il estime que le porto est souverain quand il souffre d'anthrax (ou maladie du charbon). Mais l'animal est un buveur susceptible. En 1859, le naturaliste Carl Vogt publie une brochure dans laquelle il raconte une visite londonienne faite à Karl et Friedrich : « Nous avons tout d'abord bu du porto, puis du claret qui est un bordeaux rouge, enfin du champagne. Après le vin rouge, Marx était déjà complètement ivre. C'est ce que je désirais, car il devint plus affable ce qui me permit de vérifier certaines hypothèses. Mais, en dépit de son état d'ivresse, Marx domina complètement la conversation jusqu'au dernier moment. » Furieux, il réplique l'année suivante par *Herr Vogt*, livre dans lequel il l'accuse d'être un espion à la solde de Napoléon III.

Mais, comparé à Engels, Marx est un moine bénédictin. Athée déclaré, Friedrich a sa propre Sainte-Trinité : salade de homard, château-margaux et bière pilsener. Étudiant à Berlin, cette « canaille avide de chair fraîche[4] » y crée le « DoktorKlub », sorte de confrérie éthylico-philosophique. Avec ses amis, on les appelle les « littérateurs à la bière ». Il est ensuite commis dans une société commerciale de Brême. Il écrit à une amie pour raconter sa journée-type : « Au comptoir nous avons une vraie réserve de bière ; sous la table, derrière l'armoire, derrière le poêle, partout il y a des bouteilles de bière. Nous avions en effet la très désagréable habitude de nous précipiter à notre bureau dès le repas fini, alors que nous nous sentions si peu l'envie de travailler. Pour remédier à ce funeste état de choses, nous avons accroché dans le grenier deux très beaux hamacs dans lesquels nous nous balançons après le repas en fumant un cigare et ou parfois nous piquons un petit roupillon. »

Souhaitant se confronter à la réalité de la vie ouvrière, ce bourgeois se vante dans son livre *La situation de la classe laborieuse en Angleterre* (1845) d'avoir renoncé « à la société et au banquet, au porto et au champagne ». Traduction : il ne boit plus que de la bière. Il aime procéder aussi à son analyse des classes par le prisme de l'alcool. Dans le même livre, il énonce les raisons qui favorisent l'alcoolisme du travailleur irlandais : caractère méridional, frivole, grossièreté le plaçant à un niveau à peine supérieur à celui du sauvage, mépris de tous les plaisirs plus humains qu'il est incapable de goûter en raison même de sa grossièreté, saleté et pauvreté. Lui et Marx condamnent explicitement l'ivresse comme conséquence du joug capitaliste.

Engels boit mais sait rester classe monsieur. Dans ses *Lettres de Wuppertal* (1839), il décrit l'alcoolisme qui sévit parmi les ouvriers du cuir dont, estime-t-il, trois sur cinq meurent des suites d'une consommation excessive de schnaps. Il s'offusque alors de chansons « les plus vulgaires et obscènes qui sortirent jamais de la bouche d'ivrognes ».

Pourtant, les embrouilles de soûlards, il connaît. Un jour, à Manchester, à la sortie d'un bar, il porte un coup de parapluie à l'œil d'un quidam l'insultant. Pour éviter le scandale public et un savon de son paternel, il lui verse 55 livres. Friedrich passera une bonne partie de sa vie dans cette cité anglaise où son père possède des usines. Au même moment, le chimiste William Robert Grove (1811-1896) y fait des miracles en démontrant que la quantité totale d'énergie peut rester constante lors de son transfert d'une source à une autre. Son champ d'expérimentation ? La technologie du brassage de la bière. Et, puisqu'on y revient toujours, son contemporain James Prescott Joule (1818-1889) était fils de brasseurs.

Globalement, Engels fait preuve d'une effarante mauvaise foi. Il se permet de donner des leçons aux ivrognes, alors que sa correspondance est émaillée de récit d'exploits éthyliques et de farces en tous genres. À l'été 1846, il retourne à Paris pour infiltrer le milieu des ouvriers qualifiés socialistes. Quand il quitte les cafés, c'est pour aller au théâtre voir des comédies « burlesques » au Palais-Royal et fréquenter avec avidité les grisettes et prostituées. Les musées et les concerts ? Il s'en fout. L'année suivante, il condamne le sexe tarifé comme « l'exploitation la plus concrète – car elle s'en prend directement à l'intégrité physique – du prolétariat par la bourgeoisie[5] ».

À Paris, il écrit à Marx pour qu'il quitte sa famille et le rejoigne : « Il est absolument essentiel que tu sortes pour une fois de ton ennuyeux Bruxelles. Pour ma part j'ai un grand désir de festoyer avec toi. Si j'avais un revenu de 5 000 francs, je ne ferais rien d'autre que travailler et m'amuser avec les femmes jusqu'à ce que je tombe en pièces. Si les Françaises n'existaient pas, la vie ne vaudrait pas la peine d'être vécue. Mais tant qu'il y a des grisettes, tout va bien ! » Étonnez-vous après ça que Jenny déplore la mauvaise influence de celui qu'elle appellera toujours « Monsieur Engels ». Le gag, c'est que le lascar finira par signer *L'origine de la famille, de la propriété privée et de l'État* (1884), un des textes fondateurs du féminisme socialiste. Il n'aura jamais d'enfant mais l'admiration éternelle de Marx qui écrit un jour : « Engels est une véritable encyclopédie, capable de se mettre au travail à toute heure du jour et de la nuit, soûl ou à jeun. » Chapeau bas. Ce voyageur adore le Palatinat car le vin y abonde et se fait un devoir d'introduire la bière dans les réunions qu'il préside.

En 1869, il quitte son travail après une vingtaine d'années passées dans l'entreprise familiale de textile. Égal à lui-même, il fait dresser une table de fête et boit du champagne en compagnie d'Eleanor, fille de Karl. Jusqu'au bout, il considérera l'alcool comme le baromètre de sa santé. En 1887, à soixante-sept ans, il fait ainsi le point : « La bière coule à flots : j'en consomme deux pleines bouteilles par jour. [...] Depuis quelques dimanches, je bois un verre de porto – voilà des progrès[3]. »

Sans la relation unique, à l'haleine chargée, qu'il entretint avec Karl, c'est le progrès social qui aurait eu la gueule de bois. Alors quand vous profitez de vos congés payés un pastis à la main, ayez une pensée pour eux s'il vous plaît.

Finalement, le plus déplorable dans tout cela, c'est bien la façon dont le marxisme sera dévoyé dans le courant du XXe siècle. À quoi faisons-nous référence ? Au marxisme-léninisme ? Aux millions de morts des purges staliniennes ? À la Révolution culturelle chinoise ? Non, vous n'y êtes pas. On vous parle là de ces psychiatres marxistes qui déclaraient en 1950 que l'alcoolisme était une maladie bourgeoise et anachronique, condamnée à disparaître au sein d'une société socialiste, où l'homme ne sera plus exploité par l'homme. Ingrats.

---

[1] *Engels. Le gentleman révolutionnaire.* Tristram Hun. Flammarion. 2012.
[2] *Karl Marx. Biographie inattendue.* Francis Wheen. Calmann-Lévy. 2003.
[3] *Marx Engels.* Jean Bruhat. Éditions Complexe. 1970.

Chapitre XII

Théâtre Ford de Washington (États-Unis)
14 avril 1865
Pendant que Lincoln est assassiné, son garde du corps picole au saloon

Le coquin d'alcool a mille façons de bouleverser le cours de l'Histoire. Généralement, il le fait en embrouillant les sens des dirigeants ou des soldats. Mais quand il n'a pas de prise sur eux, il trouve toujours un moyen de contourner l'obstacle. Par exemple, en passant par l'entourage.

Prenez ce pauvre Abraham Lincoln (1809-1865). De sa vie, il n'a jamais forcé sur la bibine. Il a pourtant fini avec une balle dans la nuque parce que son garde du corps, John Frederick Parker, trente-cinq ans, se rinçait la glotte au saloon d'à côté. Conséquence, il ne fera qu'un mandat entier, tandis que son successeur, Andrew Johnson, est considéré comme l'un des pires présidents américains. Johnson s'opposera à l'octroi de la citoyenneté aux Afro-Américains et frôlera la destitution.

Le 14 avril 1865, la guerre de Sécession est finie depuis cinq jours. Les nordistes unionistes ont triomphé. Le chef de l'Union, Lincoln, et son épouse Mary se rendent au théâtre Ford de Washington pour assister à la pièce comique, *Our American Cousin.* Ils sont accompagnés du valet de pied Charles Forbes et du cocher Francis P. Burke et retrouvent John Frederick Parker sur place. Ils sont en retard et la pièce a déjà démarré à leur arrivée. Parker s'installe dans une coursive à côté de la loge présidentielle. Mais, ne voyant pas bien la scène, il quitte son poste pour une meilleure place. Quand l'entracte arrive, le garde du corps se dit qu'il s'en jetterait bien un petit. Il invite Forbes et Burke et les trois hommes se rendent au Star Saloon, situé en sortant à droite du théâtre. Le lieu est tenu par Peter Taltavull, quarante ans et amateur de cor français. Mais ce détail n'a aucune importance.

Vers 22 heures, le spectacle reprend et Parker, membre de la police métropolitaine de Washington, n'est toujours pas à son poste. À 22 h 15, on joue la deuxième scène du troisième acte. John Wilkes Booth entre dans la loge de Lincoln et l'abat d'une balle dans la nuque avec son Derringer, un petit pistolet de poche. Échappant à ceux qui veulent l'interpeller (non, toujours pas de Parker), il saute sur la scène et s'échappe au cri de « *Sic semper tyrannis !* », devise latine de la Virginie qui signifie

« Ainsi en est-il toujours des tyrans ! ». Précisons au passage que la Virginie produit un très bon whisky de seigle. Lincoln meurt à 7 h 22 du matin le lendemain, à cinquante-six ans, deux mois et trois jours. Acteur en vogue et sudiste forcené, John Wilkes Booth est abattu lors de sa capture, deux semaines plus tard.

Et Parker ? On ignore s'il est retourné au théâtre cette nuit-là. En revanche, le lendemain à 6 heures du matin, il se pointe dans un poste de police avec une certaine Lizzie Williams qu'il accuse d'être une prostituée. Le 3 mai, il est jugé pour négligence. La plainte est rejetée le 2 juin et il conserve son poste de policier jusqu'en 1868, date à laquelle il est congédié. Garde du corps de Lincoln (et de onze autres présidents), William H. Crook ne lui a jamais pardonné. « Parker savait qu'il avait manqué à son devoir, écrira-t-il dans ses Mémoires. Il avait l'air d'un criminel condamné le lendemain. Il n'a plus jamais été le même homme par la suite. » Ça n'est pas plus mal.

Et si, finalement, c'était l'alcool qui s'était vengé de Lincoln ? Tout dans son parcours est une insulte à la rincette. Son père, Thomas, était membre d'une Église séparatiste qui combattait l'alcoolisme. Devenu avocat, son fils défend un jour des femmes, membres d'une ligue de tempérance, ayant détruit des barriques de whisky. Sa plaidoirie ? « Votre honneur, comparez les dommages qu'elles ont causé avec ceux qu'auraient causé ces barriques si elles avaient été bues[1]. » Les harpies sont relaxées.

Quel dommage quand même qu'il n'ait pas suivi la voie tracée par ses glorieux prédécesseurs ! Par Thomas Jefferson (président de 1797 à 1809), par exemple. Ambassadeur en France, il y fit de grandes provisions de bouteilles dont il garnit ensuite la cave de la Maison-Blanche. Arrivé au pouvoir, il supprima l'impôt sur l'alcool. En 1818, dans une lettre à l'ambassadeur français aux États-Unis, il s'en expliquait : « L'ivrognerie n'est jamais le vice des pays où le vin est à bon marché. Et la sobriété est inconnue dans ceux où la cherté du vin force à lui substituer le spiritueux comme boisson commune. Le vin est certainement le seul antidote au poison du whisky, cette liqueur insalubre. Nos marchands ne se doutent pas encore de l'infinie variété de bons vins qu'on peut se procurer à des prix modiques en Europe[2]. » Autre exemple, William Henry Harrison (président durant trente jours en 1841 avant de mourir). Avant d'accéder à la fonction, il avait cultivé du maïs et distillé pour produire du whisky. Puis il déclara qu'il avait péché en faisant cela. C'est peut-être pour ce blasphème que Dionysos le rappela prématurément à ses côtés.

Et Abraham Lincoln, a-t-il l'impression d'avoir péché en snobant la cave de Jefferson ? Une légende prétend qu'il hante encore les couloirs de la Maison-Blanche. La première personne à l'avoir vu serait Grace Coolidge, épouse du président Calvin Coolidge (1923-1929), un brave garçon opposé à la Prohibition. La plupart des fantômes ont été vus dans la chambre de Lincoln, au deuxième étage. Peut-être cherche-t-il Booth pour lui payer un coup.

[1] *Abraham Lincoln : A Life*. Michael Burlingame. Johns Hopkins University Press. 2008.

[2] *Mélanges politiques et philosophiques extraits des Mémoires et de la correspondance de Thomas Jefferson*. Paulin Éditeur. 1833.

Chapitre XIII

Francfort-sur-le-Main (Allemagne)
9 mai 1871
Fait au cognac, Bismarck accepte d'évacuer la France !

Au printemps 1871, Le chancelier allemand Otto von Bismarck est un homme heureux. Il savoure son succès contre les Français lors de la guerre de 1870. En six mois de combats, le tout nouvel Empire teuton a arraché l'Alsace-Lorraine (les actuels départements du Bas-Rhin, du Haut-Rhin et de la Moselle) et s'est même offert le luxe d'une naissance officielle sous les lustres de la galerie des Glaces du château de Versailles, le 18 janvier 1871. L'Allemagne occupera la France jusqu'en 1873. Pourtant, par la grâce du divin cognac, nous aurions pu éviter cette douloureuse présence. Et, qui sait, éviter peut-être deux guerres mondiales et des millions de morts, la rancœur née de cette occupation ayant largement alimenté les brasiers à venir. Voici donc ce qu'il advint...

Le 9 mai, le ministre des Finances français, Augustin Pouyer-Quertier, se trouve à Francfort-sur-le-Main pour acter la défaite française avec Bismarck. Il faut mettre la dernière main au traité de Francfort qui va régler l'épineuse question territoriale et fixer les réparations financières. Les acquitter n'arrange pas les affaires tricolores. Pouyer-Quertier confiera plus tard que, quand il prit possession de son département au mois de février précédent, le directeur du mouvement des fonds apporta dans son chapeau le seul million qui restât en caisse. Si l'armée allemande occupe encore ces territoires, c'est surtout pour obtenir ces réparations.

Il fait chaud et la tâche est fastidieuse. Heureusement, l'occupant et l'occupé s'entendent comme larrons en foire. Ils ont sensiblement le même âge (cinquante-six et cinquante ans), la même carrure et une vision de la vie identique. Cotonnier rouennais devenu député puis ministre, Pouyer-Quertier est une force de la nature. Il a trois passions dans la vie : les longs gueuletons, les histoires coquines et le bon vin. Il impressionne Bismarck par sa capacité à « faire des prisonniers », c'est-à-dire à enfermer dans l'estomac un plat quelconque entre deux bouteilles de bourgogne, l'une bue avant, l'autre après. Les deux zigues sont faits pour s'entendre. Comme quoi la paix mondiale ne tient parfois pas à grand-chose.

Préfet et ex-sténographe à l'Assemblée nationale, Paul Dhormoys a raconté l'éthylique face-à-face dans *La Comédie politique, souvenirs d'un comparse* (Firmin-Didot, 1886) : « Un goût semblable avait servi de trait d'union entre eux et les avait rapprochés ; tous deux caressaient volontiers la bouteille, tous deux étaient des buveurs énergiques. Ils se livraient ensemble à des passes de verres et s'admiraient mutuellement, car leur capacité était prodigieuse. » Mieux, Pouyer-Quertier fait preuve de solidarité. Bismarck est cerné par ses soucis de santé, rançon d'une vie pas très saine. Le « Chancelier de Fer » n'a pas la santé du même métal. Insomniaque, victime de coliques biliaires et de névralgies faciales, il pèse alors 127 kilos pour 1,90 mètre et prend même de l'opium pour calmer ses douleurs. Plus tard, il se mettra aussi à la morphine pour arriver à dormir. Pourtant « sa forte tête n'était point émue par la boisson et souvent, avant de se mettre à table, il buvait deux bouteilles de vin de Champagne en guise d'apéritif », s'émerveille Dhormoys. Pressé par son médecin, il accepte quand même de régulièrement boire de l'eau de Vichy avec du citron. Que fait donc Pouyer-Quertier ? Il partage son calvaire en avalant à grands traits plusieurs verres de cet immonde breuvage.

Le 9 mai au soir, les voilà donc côte à côte en train de relire les termes du fameux traité. Soudain, l'Allemand s'interrompt : « Aimez-vous la bière ? » Réponse crâne du *Französisch* : « Moi, j'aime tout » Pour se rafraîchir, nos joyeux drilles snobent donc l'Ebbelwei (cidre de Francfort) pour du bon vieil houblon. Au bout d'une heure, nouvelle offensive de Bismarck : « Est-ce que nous ne prendrions pas un peu d'alcool pour faire passer notre bière ? » Cette question ébauche ici un improbable scénario : les deux hommes auraient jusqu'alors carburé à la Tourtel. On notera aussi l'étonnant emploi du singulier. « Tout ce que vous voudrez », rétorque le fort peu contrariant Pouyer-Quertier. « Et continuant ainsi à boire de l'eau-de-vie pour cuire la bière, et de la bière pour faire passer l'alcool, nous étions arrivés à un nombre formidable de verres de bière et de verres de cognac », racontera, pas peu fier, le plénipotentiaire français à Dhormoys. La délimitation des crus de cognac vient d'être établie par le géologue Henri Coquand et le divin breuvage s'apprête à conquérir le monde.

Comme l'écrira plus tard l'écrivain Maxime Du Camp, « on eût dit que l'honneur national était en jeu. Les deux compères étaient de belle humeur, pour un peu ils eussent entonné le refrain : "D'abord nous trinquerons pour boire. Et puis nous boirons pour trinquer[1]". »

À 1 h 30 du matin, tout est réglé. Les protocoles sont rédigés et il n'y a plus qu'à signer. Bismarck est sidéré par l'endurance de son collègue. Si tous les Français étaient de cette trempe-là, ses armées n'auraient même pas franchi le Rhin ! « Il me regardait avec une curiosité qui n'était pas loin de l'admiration, plastronnera Pouyer-Quertier. Mais moi, j'ai un estomac à toute épreuve, rien ne me fait mal. » Tel Mac Mahon à Sedan, il lance alors son attaque : est-ce qu'on ne profiterait pas de ce bon moment pour évacuer immédiatement le territoire français ? « Cela nous conviendrait d'autant mieux que nous sommes accablés par les doléances des familles, qui souffrent de l'éloignement de leurs parents ; si nous pouvions être certains du paiement des 3 milliards que vous nous devez encore, nous nous retirerions sans délai », répond Bismarck. Pouyer-Quertier lui propose un système de traites endossées par les banques dont le crédit est le plus solide. Séduit, Otto accepte. Il faut maintenant décrocher l'accord de Guillaume Ier, empereur allemand. Il est 2 heures du matin et tout le monde va se coucher. Trois heures et demie et un coup de télégraphe plus tard, Bismarck tambourine à la porte de son idole qui cuve son cognac : « L'Empereur accepte votre proposition : l'affaire est conclue ! »

Pouyer-Quertier retourne à Versailles afin de demander l'aval d'Adolphe Thiers. Il s'attend à être chaudement félicité. Qui sait, s'il a du bol, peut-être même lui payera-t-il un coup. Mais c'est avec une douche froide que le président français soigne sa gueule de bois : « Qui vous a prié de vous mêler de mes affaires ? Vous ne comprenez donc pas que j'ai besoin de la question de la libération du territoire pour être maître de cette assemblée ? Une fois les Allemands retournés chez eux, je ne serai plus qu'une de ces vieilles bornes contre lesquelles les chiens lèvent la patte ; j'ai besoin de deux ans pour terminer ce que j'ai entrepris. » Pendant les deux années qui suivent, la France supporte donc stoïquement le poids de l'occupation : soit le paiement, l'entretien des troupes allemandes et leur présence sur son territoire.

Aussi incroyable qu'elle soit, cette anecdote avinée a été confirmée à Maxime Du Camp par le comte Lehndorf, aide de camp de l'empereur Guillaume : « Le récit est exact ; on eût, sans tarder, donné l'ordre de ramener en Allemagne le corps d'occupation ; l'Empereur fut même contrarié du résultat négatif de la négociation ; il s'exprima en termes vifs sur M. Thiers[2]. » À l'époque, et pour un demi-siècle, la France perd 14 470 kilomètres carrés de territoire. Elle égare aussi près de 80 000 hectares de son meilleur vin : au revoir sylvaner, gewurztraminer et autres côtes-de-meuse ! Pendant ces quarante-sept ans d'occupation, l'Alsace-Lorraine est la plus grande aire viticole allemande. Le volume de production est privilégié au détriment de la qualité et on dit des Teutons qu'ils font « pisser la vigne ». Et tout ça à cause de Thiers qui refusa la libération du territoire alors qu'elle était conclue.

Pour comprendre la généreuse proposition de Bismarck, il faut savoir que le Prussien était dépressif au dernier degré et fort porté sur la bouteille. Comme on le sait, ces deux états sont souvent liés. Et ce n'est pas outre-Rhin, où fut forgé le proverbe « le vin fait surnager les secrets », que l'on dira le contraire.

Les origines de sa nature sont à chercher du côté de Schönhausen, dans le Land de Saxe-Anhalt. C'est là que naît et grandit le petit Otto. Rejeton de l'élite prussienne, il confiera un jour : « Dès ma plus tendre enfance, j'ai été un étranger dans la maison de mes parents, et jamais je ne m'y suis senti vraiment chez moi. » Coincé entre une mère revêche qu'il déteste et un père faible, il développe un goût aiguisé pour la solitude et la déprime. Toute sa vie, il sera sujet à la dépression nerveuse, ce qui nous vaut cette autre guillerette confession : « Ma dureté est une affaire d'entraînement. Je ne suis que nerfs, et cela à un tel point que le contrôle de moi-même a été l'unique tâche de ma vie[3]. » Otto étudie à l'université de Göttingen, ville doublement chantée par Barbara et Patricia Kaas et souillée annuellement lors de sa célèbre fête de la bière. Fêtard et buveur accompli, il décrit à l'époque à un proche ce qu'il pourrait devenir dans dix ans : un type qui « à chaque anniversaire du roi, se soûlera et criera “Vivat !”[4] ».

Il poursuit cet agenda alcoolisé en Poméranie orientale (le nord de l'actuelle Pologne) à partir de 1839. Il a vingt-quatre ans quand il y hérite des possessions terriennes de sa mère. Là-bas, il calque sa conduite sur la maxime locale : « La vérité est au fond du verre. » Célibataire, excentrique, il chasse, scandalise ses voisins et fait la fête dans les châteaux du coin. À cette époque, il décroche les flatteurs surnoms de « Bismarck le Fou » et « Formidable Bismarck ». Soit l'équivalent d'un litre de bière en France.

En 1862, Bismarck devient ministre-président du pays. Parvenu au sommet, il ne change rien à ses habitudes. Au Reichstag, il est réputé pour ses apéritifs parlementaires. En 1863, constatant qu'une de ses interventions a été effacée du procès-verbal d'une réunion ministérielle, il note sobrement : « Sans doute, ont-ils pensé que j'étais ivre. » Cette réputation est renforcée en 1867 par sa participation du chancelier au dîner des Trois Empereurs tenu à Paris pendant l'Exposition universelle. Il réunit aussi le Kaiser Guillaume, le tsar Alexandre II et son fils, le futur Alexandre III. Le repas dure huit heures, arrosé de madère, xérès, bourgogne, bordeaux et champagne Louis Roederer.

La renommée de Bismarck est tellement établie qu'elle est même à l'origine d'un pamphlet écrit par Arthur Rimbaud et publié en novembre 1870 dans le journal *Le Progrès des Ardennes*. Dans *Le Rêve de Bismarck*, le jeune poète imagine que le chancelier, ivre, regarde une carte d'Europe. Assoupi par l'alcool, il y met le feu avec sa pipe. L'aspirateur à mousse a tout de même conscience que, en termes de communication, il vaut mieux cacher l'humide vérité aux foules. Christoph von Tiedemann, un de ses collaborateurs, racontera ainsi que, pendant un déplacement en train en 1875, il cachait sa bouteille de bière sous la table à chaque arrêt en gare. Bismarck expliquera à Tiedemann que le public ne doit pas être « déçu » par son chancelier. Il n'est pas non plus toujours indulgent envers ses frères de picole. En 1870, il force

Louis II de Bavière (le « roi fou ») à devenir le vassal de la Prusse. Louis meurt en 1886, hydrocuté, après une chope de bière, trois verres de vin du Rhin et deux d'alcool de riz.

Cohérent, Bismarck gardera jusqu'à la fin de sa vie la même ligne de conduite : rien ne vaut le cognac. En 1875, triste et aigri, il reçoit la visite de son conseiller Lucius von Ballhausen. Dans son journal, ce dernier se désole : « Il a mangé la moitié d'une dinde. Pour la faire passer, il a bu le tiers d'une bouteille de cognac et deux ou trois bouteilles d'Apollinaris [une eau minérale allemande]. Il me força à boire avec lui pour que je ne voie pas à quel point il consommait. Le lendemain, il confessa qu'il ne supportait plus la bière et le champagne, seulement le cognac[5]. » À sa décharge, Bismarck avait peut-être un petit problème de médecin traitant. Son docteur personnel, *Herr* Schweninger, soutint un jour que, pour rester en bonne santé, un homme doit boire douze petits verres de cognac quotidiens.

---

[1] *Souvenirs d'un demi-siècle*. Maxime Du Camp. Hachette. 1949.
[2] *Ibid.*
[3] *Profils prussiens*. Sebastian Haffner. Wolfgang Venohr. Gallimard. 1983.
[4] *Bismarck, a Life*. Jonathan Steinberg. Oxford University Press. 2011.
[5] *Ibid.*

Chapitre XIV

Port-Arthur (Mandchourie)
5 janvier 1905
Le Japon défait la Russie grâce à dix mille caisses de vodka

Le général-commandant russe Anatoly Mikhaïlovitch Stössel est un peu tendu. Depuis six mois, il doit gérer le siège de la ville de Port-Arthur (mer Jaune, océan Pacifique) par l'armée japonaise et c'est usant. Alors, tous les matins, un peu comme le druide Panoramix guettant l'huile de roche dans *L'Odyssée d'Astérix*, il se rend à la gare ferroviaire de la ville pour attendre le Transsibérien.

Début janvier 1905 – eurêka ! – le train pointe le bout de sa loco. Fébrile, Anatoly fait ouvrir ses wagons espérant y trouver munitions et vivres pour tenir le siège. Les dix mille caisses sont attaquées au pied de biche une par une. Au bout d'une heure, il faut bien se rendre à l'évidence : tout ce que contient le train, ce sont des centaines de milliers de litres de vodka. Alors que la ville en est déjà inondée ! À bout, Stössel contacte son homologue nippon pour lui faire part de sa capitulation. Le conseil de guerre de Port-Arthur et son bien-aimé tsar Nicolas II (1868-1918) désapprouvent, mais il s'en cogne. Trop c'est trop. Le 5 janvier, la capitulation est acceptée par les Japonais. Les 23 491 soldats survivants russes (dont 16 000 blessés et malades), les 868 officiers et les 9 000 marins et leurs familles sont emmenés comme prisonniers de guerre au camp de Nagasaki.

Huit mois plus tard, le 5 septembre, c'est la Russie qui capitule. Le Japon récupère la péninsule coréenne et s'affirme comme la puissance montante en Asie. Quant au général Stössel, il est libéré en 1906, traduit devant un tribunal militaire de son pays et condamné à mort. Nicolas II le gracie en 1909.

Épisode-clé de la guerre russo-japonaise (1904-1905), le siège de Port-Arthur en offre un enivrant résumé. Les Nippons n'ont pas gagné la bataille, ce sont leurs adversaires qui l'ont perdue en buvant comme des trous ! Dès 1904, le ministre de l'Économie russe augmente le prix de la vodka et le nombre de commerces la vendant pour financer le conflit. L'alcool étant monopole d'État, la mesure est un succès financier mais elle débouche sur un désastre. Ayant compris que le seul moyen de picoler gratos est de combattre, les jeunes Russes affluent en masse. Quittant leurs familles en train après avoir bien fêté ça, ils terrifient les villes traversées par leur alcoolémie. À tel point que la police du tsar doit intervenir pour les empêcher de sortir des wagons à chaque étape.

Depuis le XVIIIe siècle, l'Armée impériale a institué la distribution de la *charka*. Soit 0,125 litre de vodka allouée quotidiennement à ses hommes. Autant dire rien. Les soldats ont donc pris l'habitude de se procurer la bibine par leurs propres moyens. Par absolument tous les moyens, à vrai dire. Le 8 février 1904, le Japon attaque par surprise la flotte russe à Port-Arthur. Ce raid déclenche la guerre et le siège de la ville. Et pendant un siège, on s'ennuie. Et quand on s'ennuie et qu'on est russe, on a soif. Et quand on s'ennuie, qu'on est russe et qu'on a soif, on cherche à boire.

À l'automne suivant, Evgueny Politovsky, chef de la flotte pacifique, s'étonne de l'enthousiasme de ses équipages immobilisés à Port-Arthur par le blocus ennemi, naval comme terrestre. Ils veulent tous aller se battre à terre. Seconde chose étonnante : s'ils reviennent, ils sont torchés comme… des Russes. Fine mouche, Politovsky finit par comprendre. Ne trouvant pas d'alcool en ville, ses hommes vont tuer les Japonais pour piquer leur brandy et leur saké. Il n'en revient pas : ils risquent leur vie pour être ivres ! Un officier russe trouve même une explication à la défaite à venir : « Leur boisson nationale, le saké, est bue dans de tout petits verres. Ça fait à peine l'effet d'une bière[1]. » Ce type aurait dû être nommé général en chef.

L'anecdote est révélatrice. Cette guerre, les troufions s'en battent un peu les galons. Le peuple ne la soutient pas, plus occupé à se révolter contre le pouvoir. À l'arrière, jacqueries, émeutes et grèves se multiplient, alimentant un fort défaitisme. Du coup, mieux vaut boire. D'ailleurs, tout le monde s'y met et la Croix-Rouge fait passer les lignes à la vodka pour la revendre dix fois son prix aux assiégés.

Dans les semaines qui précédent la défaite, Port-Arthur ressemble à ce que sera le Chicago de la Prohibition quinze ans après : « Dur, immoral, vulgaire[2] ». Tout ce que le Transsibérien livre, c'est de la vodka et du caviar ! Un correspondant de presse russe note qu'on y a faim mais certainement pas soif. Pour revenir à Astérix, la cité ressemble aux camps fortifiés romains de Babaorum ou Petibonum quand ils se laissent aller (« Eh les aminches, v'là la relève ! »).

À l'entrée de la vieille ville, se dresse une sorte d'arc de triomphe liquide. Il est constitué de milliers de caisses de vodka empilées les unes sur les autres. La cité entière est un saloon. Les soldats piquent dans les stocks de leurs officiers et ceux-ci ne font rien pour donner l'exemple. Un haut gradé, le prince Boris, est vu dans la rue déguisé en infirmier et hurlant. Un colonel cosaque ivre menace un journaliste américain de le tuer s'il ne boit pas avec lui. À l'International Hotel, colonels et généraux passent leurs journées à se souhaiter le meilleur à grands coups de toasts. Chaque nuit tourne à l'orgie et, le matin, on petit-déjeune au champagne. Les survivants sont ensuite montés dans leur chambre par les serveurs chinois. Comme l'écrira Henri Galli (1853-1922), homme de lettres et politique français de la Troisième République, à Port-Arthur : « La vodka est le grand remède qui donne l'oubli et la joie. » De la part d'un type né à Châlons-en-Champagne, on n'en attendait pas moins.

Aussi inspiré, un correspondant étranger comparera la guerre russo-japonaise à une bagarre de rue entre des soldats ivres et des policiers sobres. Les Nippons sont d'ailleurs soupçonnés de soudoyer la population chinoise de Port-Arthur pour qu'elle gave l'ennemi de *huangjiu*, la terrible eau-de-vie locale (entre 12 et 20 degrés, brrrr). Car les Nippons sont des malins et leur ennemi s'échine à prouver qu'il ne l'est pas.

Durant l'été 1904, Nicolas II est ulcéré. Précisons que treize ans avant, il a reçu au Japon un coup de sabre d'un mari jaloux et qu'il déteste ce peuple. Le tsarévitch en appelle donc à son oncle, le grand-duc Alexis Alexandrovitch. Ce personnage haut en couleur est le commandant suprême de la flotte impériale russe, malgré le fait qu'il passe moins de temps sur ses bateaux qu'à lutiner les dames et boire du champagne à Biarritz ou Paris. Il adore la France et l'expression « la tournée des grands ducs » ferait référence à sa prodigalité. Maître de la Marine depuis 1881, il a fait du bon travail, notamment en aménageant Port-Arthur. Mais là, il fatigue.

Avec son neveu, ils échafaudent un plan totalement bancal. Il s'agit d'envoyer la flotte de la

Baltique dans le Pacifique pour secourir Port-Arthur, à 6 000 kilomètres de là. Trouvez-vous une mappemonde : normalement, le plus « court » serait de passer par le canal de Suez. Mais, craignant une embuscade japonaise en mer Rouge, Alexandrovitch fait passer la moitié de son armada par le cap de Bonne-Espérance, extrémité sud de l'Afrique. Soit le plus long voyage jamais effectué par une flotte marchande à vapeur dans l'Histoire.

Le 14 octobre 1904, quarante-cinq navires commandés par l'amiral Zinovi Petrovitch Rojestvenski s'élancent de la Baltique. Il y a là des vaisseaux tout neufs, mais aussi de vieux cuirassés que les marins baptisent eux-mêmes les « coule-tout-seul ». Ces marins sont inexpérimentés, beaucoup étant de simples *moujiks* alcoolisés à peine sortis de leur campagne. Ça va jouer... Ils sont partis pour une épopée que n'auraient pas reniée les Marx Brothers. Sachant que, dans la Marine, la distribution de vodka est biquotidienne, les gags commencent à pleuvoir très tôt. Alors qu'on croise au large du Danemark, une vigie aperçoit un vaisseau de pêcheurs. On lui tire dessus. En fait, c'était un navire affrété pour transmettre les informations du tsar. Pendant huit mois, les marins vont voir des Japonais partout, alors que ceux-ci les attendent peinardement en Mandchourie.

Peu après, c'est le capitaine du navire-atelier *Kamtchatka* qui hurle qu'il a été attaqué de tous côtés par huit torpilles japonaises. Personne ne les a vues, mais quand, quelques heures plus tard, on croise d'autres navires aux signaux suspects, on leur tire dessus pendant vingt minutes. Au cas où. En fait, les bateaux repérés sont des chalutiers danois et anglais… Dans le feu de l'action, les Russes tirent sur deux de leurs propres navires, coulent un chalutier, blessent et tuent plusieurs pêcheurs. Des Russes bourrés qui se battent avec des Anglais ? On se croirait sur le Vieux-Port de Marseille pendant l'Euro 2016 de football. C'est « l'incident du Dogger Bank », d'autant plus embêtant que la Grande-Bretagne est une alliée du Japon.

Pendant le reste du trajet, on tue le temps en célébrant tout et n'importe quoi et on attaque d'autres bateaux pour leur prendre leur alcool. Beaucoup de marins disparaissent en passant par-dessus bord. C'est dommage puisque, à quelques années près, ils auraient pu bénéficier de la recette médiévale anti-gueule de bois ressuscitée par l'herboriste Maria Treben (1907-1991) : poudre d'absinthe, myrrhe, safran, feuilles de séné, camphre, racine de rhubarbe, fruit du frêne, carline et racine d'angélique macérés dans 1,5 litre d'eau-de-vie pendant quatorze jours.

Finalement, le 27 mai 1905, la flotte est interceptée par l'amiral Tōgō Heihachirō dans le détroit de Tsushima entre Corée et Japon. Elle est rapidement coulée. Le 28 mai au matin, des centaines de bouteilles et les corps de quatre mille quatre cents marins russes flottent dans le détroit.

Entre-temps, en janvier donc, Port-Arthur a capitulé. Quand l'ennemi arrive, ordre est donné de mettre le feu aux vivres, vodka comprise. Les soldats refusent et préfèrent la boire. Le résultat est prévisible. Au cours de la retraite, ils perdent leurs fusils, chantent des chansons paillardes et s'écroulent comme des souches dans la poussière mandchoue. En arrivant, les Japonais n'ont plus qu'à les achever à la baïonnette. Pendant ce temps, l'état-major fuit en Transsibérien en carburant au champagne. Le 5 septembre suivant, Nicolas II signe le traité de Portsmouth qui concède la péninsule coréenne au Japon. Près de mille cinq cents soldats russes sont alors libérés et quittent Kobé pour Vladivostok. Avant de partir, ils picolent comme des trous. Des émeutes éclatent et la police nippone doit intervenir. Accablé par l'opinion, Rojestvenski démissionne et meurt quatre ans après. Il est précédé, en 1908, du grand-duc Alexis Alexandrovitch qui avait été démis de ses fonctions. Il est mis en bière à Paris le 18 novembre.

Pour les Russes, la guerre se termine donc comme elle a commencé : dans une flaque de vodka. Mais est-ce si surprenant ? Dès 1872, l'écrivain Fiodor Dostoïevski (1821-1881) avait prévu la catastrophe. Dans son roman *Les démons*, il faisait dire au révolutionnaire Piotr Stépanovitch : « Le dieu russe a cédé la place à la boisson. Le peuple est ivre, les mères sont ivres, les enfants sont ivres, les églises sont désertes, et, dans les tribunaux, on n'entend que ces mots :

“Deux cents [coups de] verges, ou bien paye un védro [environ 12 litres].” Oh ! laissez croître cette génération ! Il est fâcheux que nous ne puissions pas attendre : ils seraient encore plus ivres ! »

Cette génération a crû et on a vu le résultat. Né en 1868, Nicolas II en est issu. Plutôt fêtard dans sa jeunesse, il est proche du grand-duc Ivan, connu chez Maxim's pour être capable d'enchaîner huit bouteilles de grand cru d'affilée avant de s'écrouler ivre mort. Le tsar est aussi un fin buveur qui fait creuser à Massandra (Crimée) une des plus grandes caves du monde : sept tunnels de 150 mètres contenant encore aujourd'hui un million de bouteilles. En 1908, il décerne au champagne Louis Roederer le titre de « Fournisseur officiel de la cour de Sa Majesté ». Depuis lors, les bouteilles de Cristal Roederer portent en médaillon les armoiries des Romanov. À l'époque, chaque année, la maison champenoise accueille à Reims le maître de chai de l'empereur. Il veille sur l'assemblage de sa cuvée.

Les noceurs repentis faisant les meilleurs dévots, Nicolas II devient très croyant, canonisant de nouveaux saints à tour de bras et multipliant les pèlerinages familiaux.

Croyant tirer les leçons du naufrage de 1905, il interdit la consommation d'alcool au début de la Première Guerre mondiale, la limitant drastiquement aux restaurants. Pendant la révolution de 1917, les bolcheviks l'accusent d'attirer leurs forces vers des dépôts de spiritueux pour les mettre hors d'usage.

Ça ne marche pas et certains assurent même que la prohibition ne serait pas pour rien dans le déclenchement de la révolution. Le 3 mars 1917, il doit abdiquer. Le 17 juillet 1918, les bolcheviks le massacrent avec sa famille. Encore un qui aurait mieux fait de continuer à boire.

[1] *The Tide at Sunrise : A History of the Russo-Japanese War, 1904-1905*. Denis et Peggy Warner. Frank Cass. 2002.
[2] *Ibid.*

Chapitre XV

Tranchées du nord-est de la France
1914-1918
Vin français 1 – schnaps allemand 0

« De tous les envois faits aux armées, au cours de la guerre, le vin était assurément le plus attendu, le plus apprécié du soldat. Pour se procurer du "pinard", le "poilu" bravait les périls, défiait les obus, narguait les gendarmes. Le ravitaillement du vin prenait, à ses yeux, une importance presque égale à celle du ravitaillement en munitions. Le vin a été, pour les combattants, le stimulant bienfaisant des forces morales comme des forces physiques. Ainsi a-t-il largement concouru, à sa manière, à la Victoire[1]. » Mais quel est donc le sympathique auteur de ces mots si tendres avec le « rouquin » ? Quel bon vivant place donc sa gratitude dans le raisin, le mettant au même niveau que le fusil Lebel ou le mortier de 58 ? Philippe Pétain bien sûr ! Ces lignes, il les écrit le 27 juillet 1945 depuis sa prison de Montrouge (Val-de-Marne), alors qu'il est jugé pour haute trahison. Il sera condamné à mort, et mourra en 1951 sans que la sentence soit exécutée. Si on peut boire sans scrupule ces paroles, c'est que, avant d'être le chantre de la collaboration avec les nazis, Pétain fut un héros de la Première Guerre mondiale. Il est le vainqueur de la bataille de Verdun (1916) et le garant du redressement moral des troupes après les mutineries de 1917. Maintenant, on comprend comment il les a redressées !

Avant le conflit, en France, on estime déjà à 300 litres par habitant et par an la consommation moyenne de vin. On produit même plus de 200 000 hectolitres d'absinthe par an (elle sera interdite en 1915). Le pays compte quatre cent quatre-vingts mille débits de boissons, soit un pour trente adultes. Difficile donc d'interdire l'alcool au combat. D'ailleurs l'armée n'essaie même pas. Au contraire. En 1914, elle accorde un quart de litre de vin par jour (+ 6,25 cl d'eau-de-vie) au troufion. Puis un demi-litre en 1916 par vote du Parlement. Puis un litre en 1918. Il était temps que ça se finisse. Sans compter que les huit millions cinq cent mille combattants français complètent leur ration en se fournissant derrière les lignes. Sur le front, 12 millions d'hectolitres sont bus en 1917, 16 millions en 1918. Soit, en moyenne, 3 à 4 litres quotidiens par soldat.

Dans son livre *Le pinard des poilus* (Éditions universitaires de Dijon, 2015), Christophe Lucand, enseignant-chercheur de l'université de Bourgogne, n'y va pas par quatre chemins : « L'agressivité et la soumission à la hiérarchie n'ont été possibles que grâce à une alcoolisation massive, organisée par des autorités politiques et militaires hantées par la défaite. » Le « Père pinard » permet d'affronter l'horreur, de tenir malgré tout. Avant chaque assaut, on fait boire le poilu. De plus, le picrate est vu comme une boisson saine, qui tue les microbes. Il remplace l'eau souillée.

À l'arrière, une logistique massive se met en place pour tenir la cadence. Le vin est de très mauvaise qualité, issu de plants à gros rendements, vins d'Algérie, de l'Hérault, saumur mousseux… Sacrilège, il est généralement coupé à l'eau (« mouillé »). Il est aussi soupçonné de contenir du bromure pour canaliser les appétits sexuels.

Mobilisé, l'écrivain Roland Dorgelès (1885-1973) raconte son calvaire dans une lettre à sa femme : « Quel vin ! J'ai terriblement mal à l'estomac. […] Jamais charretier n'en a bu de si épais, de si mauvais, de si aigre[2]. » Alors qu'il visite des tranchées, Pétain est filmé en train de le goûter. À un moment donné, il fait une grimace. Il donne l'ordre de couper ce plan.

L'armée crée des coopératives centrales pour acheter de gros volumes. La 3e section de l'Inspection générale du ravitaillement fabrique un bon vieux rouge qui tache : 9 degrés, avant coupage, vendu 70 centimes le litre quand il n'est pas distribué. Les coopératives prennent le vin directement chez le producteur. Il est ensuite acheminé dans des entrepôts régionaux. Là, il est « pesé » pour garantir son degré d'alcool. Le tout est chargé dans d'énormes wagons-réservoirs de 4 000 hectolitres, direction le front. En août 1914, les viticulteurs du Midi offrent 200 000 hectolitres aux vainqueurs de la bataille de la Marne.

Oui, les poilus ont d'ardents défenseurs veillant sur leur soif. Le député de l'Hérault, Édouard Barthe, est surnommé « le député du vin ». Questeur de la gauche et représentant du lobby pinardier, il mène campagne pour augmenter les rations et dénonce la lenteur de l'acheminement des wagons-citernes. Après la guerre, Barthe deviendra président de la commission des carburants nationaux chargée d'élaborer un carburant à base d'alcool de grains distillés ! En octobre 1939, il fondera l'Œuvre du vin chaud du soldat pour que soit bu au moins 1 litre de vin par jour et par homme. Pour Édouard, « le vin, la fierté de la France, est un symbole de force. Il est associé à des vertus guerrières parce qu'il rend les soldats plus courageux[3] ». Le saint homme.

Mais l'alcool peut aussi se faire tendre. Dans une lettre adressée à sa maman, le 31 décembre 1914, Roland Dorgelès raconte la fraternisation du Noël précédent entre Allemands et Français : « Cinq cents hommes entre les deux tranchées se tapant sur le ventre ! Il en rentra d'ivres morts à 5 heures du matin. On parle d'un capitaine frappé. » Tendre avec l'ennemi donc. Ce qui est sûr, c'est que les poilus en parlent avec inventivité, le nommant picrate, pive, pinasse, picmuche, fuchsia, rouquin, rouginet, gros bleu, crassi... Ils emmènent leur quart partout avec eux. Quitte à se faire tirer dessus quand la bouteille de verre luit au soleil.

Tout cela, des artistes le raconteront après la guerre. Dans une lettre envoyée à sa femme, Henri Barbusse (prix Goncourt 1916 pour *Le feu*) explique avoir empêché un camarade ivre de tirer sur son caporal. Dans une autre, il écrit : « On nous gave de vin, de cric [eau-de-vie], de coq au vin[4]. » Amateur de fendant (un vin suisse) et de chablis, Blaise Cendrars en est réduit à se raser au gros rouge par manque d'eau. Guillaume Apollinaire le chantera même dans un poème : « J'ai comme toi pour me réconforter/Le quart de pinard/Qui met tant de différence entre nous et les Boches[5]. » Les chansonniers suivent le mouvement avec *La Madelon* et son « œil qui pétille » qui servent à boire : « Tu n'auras pas ma main/J'en ai bien trop besoin pour leur verser du vin. » Elle est relayée par ce chant populaire : « Dans le boyau casse-toi la gueule, mais ne va pas renverser le pinard ! »

Dans la tranchée d'en face, l'obsession est plutôt de ne pas renverser sa flasque de schnaps. Principalement, la *Kartoffelschnaps*, eau-de-vie de pommes de terre dont l'Allemagne produit alors 3 millions d'hectolitres par an. Médiocre comme le vin français, la gnôle teutonne peut aussi être faite à partir de grains auxquels viennent s'ajouter plantes et épices. Et un cruchon d'alcool de genièvre de Steinhagen (Westphalie) à 40 degrés, ça tient chaud croyez-le ! Pour se refroidir, on boit une bonne bière bavaroise… ou française : la plupart des brasseries hexagonales se retrouvent dès 1915 dans des territoires occupés par l'ennemi.

Pourquoi le vin français triomphe-t-il ? Dur à dire. Peut-être ses effluves prêtent-ils plus à la saine camaraderie et à l'esprit de corps que le schnaps qui vous abrutit sans préavis. En tout cas, en novembre 1918, dans *L'Écho des tranchées*, journal du front, on encense le rouquin : « Il fait triompher le chaud soleil du Midi sur les brumes germaniques. » À l'issue du conflit, il est devenu un symbole national. Le pinard, si naturel, est opposé au schnaps industriel.

Les dirigeants français se mettent dans la roue de cet engouement. Le président du Conseil, Georges Clemenceau, vante son amour du Clos Cristal, petit cabernet franc *made in* Saumur. Peut-être pour faire oublier que, en 1907, les vignerons du Languedoc demandaient sa démission. Fils d'un tonnelier de Rivesaltes (Pyrénées-Orientales), le maréchal Joseph Joffre rend hommage au « général pinard ». Un cépage de raisins noirs alsaciens est même baptisé de son nom après-guerre. Et Pétain ? En 1925, il s'exprime dans *l'Album Mariani*, une série illustrée publiée par le vin du même nom : « Les Français devaient gagner la guerre puisqu'ils avaient pour eux le Coca Mariani, le Roi des Pinards. » En l'occurrence, un vin tonique à la coca du Pérou. Après les mutineries de 1917, l'officier a bien compris qu'il fallait abreuver ses hommes pour les calmer. Le maréchal aimait le vin (il était propriétaire d'un vignoble azuréen et se vit offrir en 1942 le « clos du Maréchal » à Beaune), mais se méfiait de la gnôle. Il était sûrement traumatisé par ces mutins ivres tirant par les fenêtres à Soissons. Ou, toujours en 14-18, par ces volontaires russes retranchés dans leur camp de La Courtine (Creuse) après avoir pillé l'alcool à brûler des commerçants locaux.

La victoire allemande de 40 acquise, Pétain passe donc derrière le bar. L'alcool provoque « la dégénérescence de la race[6] » et il faut le combattre. Mais, attention, le vin n'est pas concerné car, bien sûr, ce n'est pas de l'alcool. Les boissons anisées sont en partie prohibées, l'usine Pernod transformée en chocolaterie et Ricard produit des jus de fruits. Puis tous les apéritifs à base d'alcool sont interdits. Pendant ce temps, les nazis nous volent des montagnes de bouteilles (trois cent douze millions par an). Et Pétain que fait-il ? Dans sa monumentale biographie (*Pétain*, Fayard, 1987), Marc Ferro nous décrit un de ses repas types à Vichy : « Il boit peu, mélange, au scandale de ses familiers, l'eau et le vin blanc et redemande du dessert. » Étonnez-vous après ça qu'il ait été condamné à mort pour « haute trahison ».

---

[1] *Le roman de l'alcool.* Pierre Fouquet, Martine de Borde. Seghers. 1986.

[2] *Je t'écris de la tranchée : Correspondance de guerre 1914-1917.* Roland Dorgelès. Albin Michel. 2003.

[3] *Les drogues et la guerre : de l'Antiquité à nos jours.* Lukasz Kamienski. Nouveau monde éditions. 2017.
[4] *Lettres de Henri Barbusse à sa femme,* 1914-1917. BNF Collection e-books. 2015.
[5] *Calligrammes.* Guillaume Apollinaire. GF Flammarion – 2013.
[6] *Une histoire du vin.* Didier Nourrisson. Perrin. 2017.

Chapitre XVI

URSS
1922-1953
La vodka, baromètre de la diplomatie stalinienne

Le 23 août 1939 au soir, dans le somptueux Grand Palais du Kremlin, un dîner d'État de vingt-quatre plats a été dressé avant la signature du Pacte germano-soviétique le lendemain. Y assistent Staline, Ribbentrop, Molotov, Beria, Von der Schulenburg (ambassadeur allemand en URSS) et tous les boit-sans-soif que compte la diplomatie soviétique. Ça fait du monde.

Il fait chaud, Ribbentrop a faim et rêve de se jeter sur le caviar et le bœuf Stroganov. Le ministre des Affaires étrangères allemand va devoir attendre. Avant d'attaquer le repas, Molotov propose de porter un toast à la vodka à tous les membres des deux délégations. Ils sont vingt-deux. À chacun, Staline adresse un petit message. Cela prend donc un certain temps. Une demi-heure plus tard, le Stroganov a refroidi mais reste tout à fait envisageable. Pas pour Molotov, ministre des Affaires étrangères soviétiques, qui respecte plus que scrupuleusement les traditions russes : il ne faut pas manger après le premier verre de vodka et il ne doit pas y avoir de pause avant le deuxième. Déjà bien attaqué, il invite ses hôtes à boire à la santé de tous les membres des délégations qui n'ont pu assister à ce dîner. Une population qui a le double mérite d'être aussi nombreuse qu'inquantifiable. Ensuite on boit à la santé d'Hitler et à celle du traité lui-même (qui n'a rien demandé). Etc., etc. Ironiquement Viatcheslav Mikhaïlovitch Molotov (1890-1986) a donné son nom à un cocktail explosif à base d'alcool (du méthanol généralement) qui ne se boit pas. Petit intello à lunettes, il se serait tenu à distance raisonnable du riquiqui s'il n'avait pas rencontré Staline. Mais pour être respecté du grand homme, il faut boire. Alors il s'imbibe. Beaucoup.

Ribbentrop racontera plus tard que la vodka au poivre brun qu'ils buvaient était « si puissante qu'elle vous coupait presque le souffle[1] ».

Pourtant, concernant la bibine, le natif de Wesel (où on produit un très honnête petit blanc) n'est pas un perdreau de l'année. Après la Première Guerre mondiale, il a mis en place un circuit clandestin pour ravitailler Berlin en alcool français. Sa femme, Anna Elisabeth Henkell, est l'héritière d'une riche famille de producteurs de vins. En outre, il a été représentant en vin de Champagne pour la maison Pommery.

Impressionné et la bouche pâteuse, Ribbentrop se tourne donc vers Staline pour vanter la résistance russe à l'alcool, comparée à celle des Teutons. Fayot. C'est vrai que le Petit Père des peuples ne bouge pas d'un iota alors qu'il vient de s'envoyer plusieurs fois le contenu de sa flasque. L'adjudant Richard Schulze, aide de camp de Ribbentrop, se livre alors à un crime de lèse-majesté qui eût pu faire capoter le Pacte et changer le cours du monde : il goûte en douce à la flasque. Elle ne contient que de l'eau.

Pendant ce temps, juste à côté, Gustav Hilger passe un sale quart d'heure. L'attaché aux affaires économiques à l'ambassade d'Allemagne de Moscou refuse de boire plus. « Pourquoi ?!!! » s'énerve Béria qui en a fusillé pour bien moins que ça. Grand seigneur, Staline calme son ministre de l'Intérieur. Il se permet même de porter un toast à Lazare Kaganovitch, juif et membre du Politburo qui a organisé la famine ukrainienne des années précédentes. Les nazis s'exécutent. Pour signer le Pacte, ils sont prêts à tout. Et ils ont de la chance : il est déjà arrivé que Staline se lève en plein banquet pour aller se coucher, en adressant une seule phrase à ses invités : « Les toilettes sont à gauche. »

On se quitte tard dans la nuit en se promettant une amitié qui durera mille ans. Le 22 juin 1941, Hitler déclenche l'opération Barbarossa et envahit l'URSS. De cette mémorable soirée, les nazis ont certainement retenu que le Russe est totalement irrationnel et imprévisible. Et aussi capable de trahir qu'eux. Mesquine vengeance, quand ils envahiront la Crimée, ils déverseront tout le vin trouvé dans la mer Noire. Minable. Le 23 août 1939, ils ont aussi constaté que l'alcool est partie intégrante de la diplomatie soviétique et que Staline est un menteur patenté. Et ils ne sont pas les premiers.

En mai 1935, Pierre Laval, alors ministre des Affaires étrangères, est à Moscou pour signer le traité franco-soviétique d'assistance mutuelle (rires). À ses côtés, Alexis Leger (vrai nom de l'écrivain Saint-John Perse), secrétaire général du Quai d'Orsay. À Paris, on leur a conseillé de boire plusieurs verres d'huile avant le repas pour colmater les brèches ouvertes par la vodka, dont chacun a sa carafe personnelle devant lui. On conseille aussi le saumon pour retarder le passage de l'alcool dans le sang. Mais l'huile et le saumon, c'est nettement insuffisant quand l'équivalent de la Volga est invité dans votre gosier. Leger verse donc ses verres sur la moquette. Staline le surprend et, se levant, propose un toast au rusé diplomate français. Gonflé, celui-ci demande à boire à la carafe stalinienne ! Gros malaise. Staline accepte et l'insolent constate, sans rien dire, qu'il carbure à l'eau.

Le plus drôle, c'est que le coup du pacte de non-agression frit à la vodka, Joseph Staline l'a fait avec trois pays en six ans ! Le 13 avril 1941, c'est Yōsuke Matsuoka, ministre nippon des Affaires étrangères, qui se pointe sous les ors du Kremlin. Sachant que, en septembre 1940, il avait déjà signé un pacte tripartite avec Rome et Berlin. Ce coup-ci, Joseph ne fait pas semblant. Il est tellement soulagé d'être débarrassé de cette menace sur son flanc est qu'il picole de bon cœur. Avec Molotov, ils jouent à leur jeu favori (avec les déportations et les crimes de masse) : éclater leurs homologues étrangers. Ce pauvre Matsuoka est tellement ivre qu'il faut presque le porter jusqu'à son train en gare de Iaroslavl à 6 heures du matin. Les trois hommes chantent *Shoumel Kamysh*, célèbre chant russe, tandis que Molotov hurle : « Je suis un pionnier ! Je suis prêt[2] ! ». D'après l'ambassadeur bulgare, présent sur le quai, c'est pourtant le moins ivre des trois. C'est la première fois qu'on voit le chef suprême raccompagner un invité à la gare. Avec Matsuoka, ils ne parlent pas la même langue mais se comprennent parfaitement à grands coups d'onomatopées, d'accolades et de bourrades sur l'épaule. L'esperanto des poivrots. Quand il part, Staline lui lance : « Ensemble, on organisera l'Asie et l'Europe. » Une belle promesse d'ivrogne.

Pour la Turquie, Staline se contentera de la parole de son ambassadeur à Ankara. En utilisant la vodka comme sérum de vérité. Suite au pacte d'amitié turco-allemand signé en juin 1941, il convoque Sergueï Vinogradov au Kremlin en pleine nuit, en compagnie de membres de son Bureau politique. « De la vodka pour l'ambassadeur[3] ! » hurle Staline dès que Vinogradov ouvre la porte. Les verres descendus, le boss ouvre les hostilités : « Dis-moi, l'ambassadeur, la Turquie va-t-elle entrer en guerre contre l'Union soviétique ? » La réponse étant négative, les godets sont re-remplis et il re-pose la question : « La

Turquie va-t-elle entrer en guerre contre l'Union soviétique ? » Nouveau démenti. Vinogradov est alors congédié avec un bon coup de stress : « Tu peux rentrer à Ankara. Mais n'oublie pas la responsabilité qu'engagent tes propos. » On espère pour l'infortuné que les Turcs ne lui mirent pas la même pression avec des verres de raki.

En matière de pression, même s'il préférait le champagne, Churchill en connaissait un rayon. Pourtant, lorsqu'il se rend à Moscou en août 1942 pour la deuxième conférence réunissant URSS, États-Unis et Grande-Bretagne, il doit encaisser une sévère offensive. Lors du premier banquet, rien n'est vraiment décidé, mais les verres de vodka (que Staline appelle « le whisky russe ») pleuvent sur ce pauvre Winston, soixante-huit ans. Présent à ses côtés, Sir Alexander Cadogan, sous-secrétaire d'État permanent au ministère des Affaires étrangères, notera dans son journal : « On ne peut imaginer plus horrible qu'un banquet au Kremlin. Mais il doit être enduré. » L'épreuve est d'autant plus dure pour Cadogan qu'elle se double d'une blessure d'orgueil. Défié par Molotov dans un duel éthylique, il déçoit Churchill qui comprend qu'il n'a aucune endurance. Le « Bouledogue » prend donc les choses en main. Lors de la dernière nuit du séjour, il demande une audience nocturne qui se tient dans la résidence privée de Staline. Flanqués de l'inévitable Molotov, les deux hommes descendent à flux tendu boutanches et cochons de lait. À la suite de ces agapes, l'URSS valide l'offensive alliée en Afrique du Nord. De toute façon, Churchill était prêt à tout pour arriver à ses fins. À la conférence de Yalta, trois ans plus tard, cet anticommuniste forcené ira même jusqu'à porter un toast « aux masses prolétariennes du monde entier ».

Cela nous fait de la peine de l'écrire mais, dans cette partie-là du conflit, la France ne fut décidément pas à la hauteur. Le 10 décembre 1944, de Gaulle, George Bidault et le maréchal Juin sont à Moscou pour signer un nouveau traité d'alliance. Déjà, il y a un problème de casting. Les trois hommes ne sont pas réputés pour la vigueur de leur coude. Il eût mieux valu envoyer Edgar Faure, un type qui carburait tous les jours au Fernet-Branca, au whisky et au pinard. En face, on les attend de pied ferme et, là encore, Staline ne fait pas semblant de boire. Il est complétement schlass.

Le banquet est entrecoupé de projection de films de propagande et de dizaines de toasts. À l'époque, la France est considérée comme une naine dans le concert international et Staline ne se prive pas de le signifier au Général. Après avoir proposé de boire à la santé de Roosevelt et Churchill, il ne lève pas son verre pour de Gaulle.

Il confie à Harriman – l'envoyé américain – sa surprise quant à la rectitude gaullienne, mais pense qu'avec un peu de vin, les Français se détendront. En fait, non. Vexé par le fait que le grand Charles refuse de reconnaître le gouvernement soviétique installé en Pologne, Staline passe donc sa soirée à essayer de le choquer en menaçant de tuer ses convives. Mais là, ce ne sont pas des promesses d'ivrogne.

Le général Andrei Khrulev dont la femme juive vient d'être arrêtée pour complot ? « Il ferait mieux de s'améliorer ou il sera pendu. C'est la coutume dans notre pays ! » Le commandant des forces aériennes Aleksandr Novikov ? « S'il ne fait pas son travail correctement, nous le pendrons ! » Deux ans plus tard, il sera déchu, arrêté et torturé par Beria avant d'être condamné à quinze ans dans un camp de travaux forcés. Lazare Kaganovitch, ministre des Transports ? « Un homme courageux. Il sait que si les trains n'arrivent pas à l'heure, nous le tuerons ! » Il ne mourra qu'en 1991.

Pour aggraver son cas, Staline multiplie les palpations amicales sur les peu tactiles Juin et de Gaulle. À la fin du repas, il pose sa main sur l'épaule de l'homme de Colombey-les-Deux-Églises : « Les gens disent que je suis un monstre mais, comme vous le voyez, j'en blague. Peut-être que je ne suis pas si horrible après tout[4]. » Pensant sûrement que c'est surtout son haleine qui est horrible, de Gaulle va se coucher. Au petit matin, on le réveille en lui disant que le traité sera signé sans la reconnaissance du gouvernement polonais. Quand il arrive, c'est pourtant la première mouture qu'on lui présente… Le Français répond que c'est une insulte à son pays. Finalement, à 6 h 30, c'est le document promis qui est paraphé. Avant que son invité ne reparte à Paris, Staline le régale d'une dernière blague à son interprète : « Tu en sais trop, je vais t'envoyer en Sibérie, ah ah ah ! » Puis il recommence à boire.

Il faut dire que Iossif Vissarionovitch Djougachvili, surnommé Sosso, plus connu sous le nom de Joseph Staline (1878-1953) a de qui tenir. Fils d'alcoolique, il vient d'un pays, la Géorgie, où il est mal vu de finir sa soirée sans avoir roulé sous la table, ivre mort. Bourré, son père n'hésitait pas à le fracasser sur le sol pour se divertir, comme le racontera plus tard maman Staline. Fiston a hérité de lui une belle résistance à l'alcool… et un talent redoutable pour enivrer ses camarades et ennemis (c'est la même engeance).

Le meilleur chroniqueur de ces années est Nikita Khrouchtchev (1894-1971). Dans ses Mémoires, le futur remplaçant de Staline raconte que le chef forçait ses hommes à boire. Les principales décisions sont prises lors de repas nocturnes et très humides dans ses appartements. On est obligé de venir et il est fortement déconseillé de quitter la table sobre.

Sa garde rapprochée – Beria, Malenkov, Mikoyan, Khrouchtchev, Kaganovitch, Vorochilov, Molotov et Boulganine – doit regarder ses westerns favoris avant de commencer à manger vers 1 heure du matin. Le plat favori de Staline ? Infliger des humiliations à Khrouchtchev. Un jour, il doit exécuter une danse traditionnelle ukrainienne. Un deuxième, son bourreau nettoie sa pipe brûlante en la frappant sur sa tête chauve. Un troisième, on met des tomates mûres sur sa chaise, etc. Le boss appréciant très moyennement qu'on s'endorme en sa présence, Nikita s'arrange pour faire des siestes après le déjeuner. Cela laisse peu de temps pour le travail car les dîners se terminent à l'aube et on dort le matin. À la fin des années 1940, il commencera à avoir des problèmes rénaux. Staline s'en fiche et lui ordonne de continuer à éponger.

Vodka russe, champagne de Crimée, brandy arménien et *khvanchkara*, un vin rouge et moelleux géorgien, permettent au leader de lire les véritables intentions des membres de son équipe. Et de les dresser les uns contre les autres. Pendant ce temps, il sirote du cognac, un sourire sadique aux lèvres. Il est aussi très taquin. Au début du repas, il propose souvent à ses invités un de ses jeux favoris. Chacun d'entre eux doit deviner combien de degrés marque le thermomètre fixé dehors. Il faut ensuite boire autant de verre de vodka qu'il y a de degrés d'erreur. Beria fait parfois exprès de se tromper pour plaire à son patron. C'est d'autant plus admirable que le ministre de l'Intérieur pense que la vodka nuit aux glandes sexuelles. Un jour, à bout, Mikoyan, Beria et Malenkov persuadent les serveuses du Kremlin de remplacer le vin par du jus de la même couleur. Chef du Directoire politique principal de l'Armée rouge, Aleksandr Shcherbakov les dénonce. Shcherbakov est tellement servile qu'il mourra en 45 d'une crise cardiaque provoquée par une surdose de vodka. Bien fait.

Staline ignorait donc superbement l'article 225-16-1 de notre Code pénal qui punit de six mois d'emprisonnement et de 7 500 euros d'amende « le fait pour une personne d'amener autrui, contre son gré ou non, à consommer de l'alcool de manière excessive ». À sa mort, le 5 mars 1953, il a rendu alcooliques tous ses collaborateurs et rivaux. C'est une bande d'ivrognes qui s'écharpent pour savoir qui va lui succéder. Et c'est le revanchard Khrouchtchev qui tire le gros lot. La séquence est racontée de façon très drôle par Fabien Nury et Thierry Robin dans la BD *La mort de Staline* (Dargaud, 2010-2012). Se mêle au bal l'inénarrable Vassili Iossifovitch Djougachvili, fils de Staline. Il présente la particularité d'être ivre tout le temps. Au travail (il est pilote dans l'armée de l'air) comme en famille (il poursuit un jour ses enfants avec un sabre cosaque). Envoyé dans un camp par Khrouchtchev, il mourra en 1962 à l'âge de quarante ans. Vrai patriote, Vassili aura respecté toute sa vie le vieil adage russe : « Il faut boire de la vodka en deux occasions seulement : quand on mange et quand on ne mange pas. »

[1] *Stalin : Waiting for Hitler, 1929-1941.* Stephen Kotkin. Penguin Press. 2017.
[2] *Staline : la cour du tsar rouge.* Simon Sebag Montefiore. Éditions des Syrtes. 2005.
[3] *Vodka Politics : Alcohol, Autocracy, and the Secret History of the Russian State.* Mark Lawrence Schrad. Oxford University Press. 2014.
[4] *L'accord secret de Baden-Baden.* Henri-Christian Giraud. Éditions du Rocher. 2018.

Chapitre XVII

Corée du Nord
1948 à aujourd'hui
Les Kim Jong aussi bourrés que cintrés

Depuis trente ans, ils font trembler la planète avec leur programme nucléaire clandestin et leurs coupes de cheveux improbables. Kim Il-sung (1912-1994), Kim Jong-il (1941-2011) et Kim Jong-un (né en 1984), le papi, le papa et le petit-fils, trois dictateurs mégalomaniaques que ni la Corée du Sud, ni l'ONU, ni les États-Unis n'ont pour l'instant réussi à maîtriser. Les plus grands psychiatres se sont penchés sur leur cas pour arriver aux mêmes conclusions. Ces types sont des narcissiques pathologiques incapables de comprendre la souffrance des autres, y compris celle de leur propre peuple. Les millions de gens morts à cause d'eux n'ont aucun impact sur leurs actes. Ce que l'on sait moins, c'est que cette attitude paranoïaque, cette absence de conscience et ces pulsions agressives sont furieusement attisées par l'alcool. Et que, si Kim Jong-un finit un jour par presser le bouton nucléaire, ce sera sûrement en glissant dans une flaque de whisky.

Son grand-père, Kim Il-sung, ne crachait pas sur l'alcool de Kaesong, l'eau-de-vie nationale titrant entre 30 et 40 degrés. Une des plus grandes réussites de son régime est d'ailleurs le succès de celle-ci dans les pays communistes. Toutefois, ce n'était pas un alcoolique notoire. Juste un bon vivant heureux de partager le *moutai*, l'alcool blanc chinois à base de sorgho, avec Zhou Enlai, Premier ministre chinois, qui le reçoit régulièrement. D'ailleurs, quand Kim Il-sung est mort, ça n'a pas rigolé à la taverne : quiconque buvait pendant les dix jours de la période de deuil était considéré comme antirévolutionnaire et sévèrement puni.

On portera un jugement bien différent sur son fils, Kim Jong-il. Dès 1989, avant même que son papa meure, il est un client très assidu de la Hennessy Fine Spirits Corporation à qui il commande entre 650 000 et 800 000 dollars d'alcools et de vins fins par an. Arrivé au pouvoir, il continue de le faire. Jusqu'en 2006, année de l'instauration par l'ONU d'un embargo international sur les produits de luxe destinés à son pays. Tout cela alors que, dans les années 1990, une famine ravage la Corée du Nord, faisant de neuf cent mille à deux millions de victimes. Le revenu moyen nord-coréen se situe alors entre 900 et 1 000 dollars par année. Il n'a guère évolué depuis. À la décharge de Kim Jong-il, sous son lamentable règne, seules les industries de l'armement et la sidérurgie fonctionnent correctement. Cela lui permet de poursuivre le programme nucléaire lancé par son père, mais pas de distiller du tord-boyaux *made in Korea*. Le pays ne produit plus de riz et plus de céréales : dur de faire de l'alcool sans ça. Et rendons justice à Kim : si son agriculture était arrivée à faire pousser ne serait-ce qu'un grain de riz ou un plant de blé, il les aurait immédiatement retirés de la bouche de ses sujets pour les faire fermenter.

Le satrape possède une cave de dix mille bouteilles : vins français, sakés Kenbishi, whiskys japonais Suntory Imperial ou Johnny Walker Swing, cognacs (Martell ou Hennessy principalement). Il raffole des bouteilles Extra Old ou de la cuvée Cognac Paradis Imperial de chez Hennessy. Des flacons à 2 000 euros pièce. Dans sa cave, on trouve aussi un karaoké, un piano à queue et de la bière Asahi Super Dry.

Il envoie parfois son cuisinier japonais Kenji Fujimoto chercher ses bouteilles directement en France. Entre deux vapeurs d'alcool, Kim ne voit pas que Kenji en a ras la toque et s'apprête à déserter. Il le fait en 2001. En 2008, il publie *Le cuisinier du dictateur* (paru en 2019 en France chez Hugo Doc), livre croustillant dans lequel il raconte les frasques de son ex-boss.

Selon Fujimoto, les banquets officiels nord-coréens finissent toujours par un concours au cognac dirigé par Kim Jong-il. À la clef de cette beuverie express, quatre ou cinq liasses de 10 000 dollars posées sur la table. On peut gagner 100 dollars en buvant 100 millilitres de cognac haut de gamme. Ça fait un honnête verre. Les cadres du Parti se présentent devant leur chef à la queue leu leu, du plus au moins gradé. Et le cher leader de hurler : « Que celui qui a le courage de boire vienne devant moi ! Je donne 100 dollars à celui qui videra son verre de XO ! » Quand il voit les troupes vaciller, il peut donner 1 500 dollars pour un verre de Cognac Paradis bu cul sec. En revanche, vomir est interdit. Il faut alors rendre les billets. Propres si possible.

Fujimoto a aussi droit à de généreuses rasades. À ce sujet, il raconte une anecdote tout à fait charmante. Au début des années 1990, il se marie. Kim Il-sung et Kim Jong-il se sont invités. Pour s'amuser, papa Sung verse aux époux des lampées de cognac Hennessy XO directement dans le gosier. Ivre mort, le marié s'écroule en dansant avec sa femme. Quelques heures après, il redescend, convoqué par Kim Jong-il : « Tu as une bonne descente. Tu as bu tout ce cognac avec le sourire, sans même changer de couleur. Tu me plais beaucoup… Au fait, as-tu encore des poils là où je pense ? » Le Japonais se précipite aux toilettes pour constater qu'on a rasé sa toison pubienne pendant son sommeil. On sait rire à Pyongyang.

Fujimoto explique que Kim tenait très bien l'alcool. En treize ans, il ne l'a jamais vu sobre plus de quatre mois. Après une attaque cérébrale en 2008, il meurt en 2011, à soixante-dix ans. Officiellement d'une banale crise cardiaque. Officieusement, d'une atteinte pré-cirrhotique aggravée par son alcoolisme. À cause de ce dernier, toute intervention sur son foie était très aléatoire. Mais Kim Jong-il peut partir tranquille. La relève est assurée.

Le jeune Kim Jong-un, Fujimoto le connaît bien. Il l'a vu commencer à boire et fumer à quinze ans quand il lui braquait ses cigarettes. Le gamin est le clone de son père : 1,75 m, 90 kilos, ultra-glouton, ultra-assoiffé. Comme Kim Jong-il, il semble atteint d'hypertension. Et comme lui, il raffole de cognac. Et de champagne. Il peut boire deux bouteilles de Cristal Roederer en un repas. Son ami, l'ex-basketteur américain Dennis Rodman, est formel : « Il ne vous propose que le top. Si c'est de la tequila, c'est la meilleure tequila. » Et Dennis s'y connaît. En 2010, il a participé à *Celebrity Rehab*, émission de téléréalité pour stars alcooliques. Pas question donc pour Kim de toucher aux liqueurs consommées par son peuple : *kaoliang* chinois (eau-de-vie titrant 50 degrés) ou alcool de serpent.

Il tient à sa réputation et se vante de pouvoir boire dix bouteilles de bordeaux en une nuit. Une de ses lubies est d'ailleurs de développer la production viticole de son pays. En décembre 2019, il s'est rendu sur l'îlot de Changrin, près de la frontière intercoréenne. Il a exigé que ses habitants cultivent du raisin afin de développer la production de vin. Et comme on le sait, mieux vaut ne pas le contrarier. En 2013, peu avant de faire exécuter son propre oncle, il avait fait tuer deux proches du tonton. Un témoin a indiqué au quotidien japonais *Yomiuri Shimbun* qu'il était complétement ivre quand il a donné cet ordre.

Mais ça n'est pas grave car il a trouvé la parade. Selon le *Pyongyang Times*, journal officiel nord-coréen, le fameux alcool de Kaesong serait souverain car il ne donne pas la gueule de bois. La théorie est validée par des universitaires locaux qui font du breuvage un « élixir de vie ». Que ces traîtres sud-coréens et leur soju, spiritueux à base de riz, en prennent de la graine ! Mesquins, ces derniers ont répliqué en disant que Kim souffrirait de goutte, d'hyperuricémie, d'hyperlipidémie, d'obésité, de diabète et de haute pression artérielle. Évidemment, l'alcool y est pour beaucoup. Soixante-douze ans après l'arrivée au pouvoir de la dynastie des Kim Jong, il continue de faire pencher leur balance psychotique du mauvais côté.

Chapitre XVIII

Fort Worth (Texas)
22 novembre 1963 – 3 heures du matin
Les gardes du corps de JFK vont avoir la gueule de bois

Situé sur Main Street à Forth Worth, le Cellar est un *coffee house* servant de délicieux jus de fruits et de rafraîchissants sodas Kool-Aid (une sorte de Tang américain). L'endroit n'a pas de licence pour servir de l'alcool mais, en cette belle année 1963, sa sympathique équipe vous accueille toute la nuit avec le sourire. Un « bar » à jus de fruits ouvert vingt-quatre heures sur vingt-quatre ? Là, vous commencez à vous méfier. Et vous avez raison. En vérité, si vous adressez un clin d'œil complice à Pat Kirkwood, propriétaire du Cellar, il aura la gentillesse de « panacher » votre jus de tomate avec de la vodka. Ce qui vous donnera un délicieux Bloody Mary.

Dans la nuit du 21 au 22 novembre 1963, le président John Fitzgerald Kennedy (alias JFK) dort à Forth Worth et les hommes du Secret Service – chargés de sa protection – ont soif. Vers 1 heure du matin, Paul Landis, Clint Hill, Glen Bennett et leurs collègues poussent la porte du Cellar. Ils sont sept et viennent du Press Club, situé juste à côté, où ils ont descendu du scotch et quelques canettes de bière en fumant des cigarettes. À la base, ils s'y étaient aventurés poussés par la faim.

Certes, un léger déjeuner a été servi sur l'avion Air Force One, parti le matin de Washington. Mais, depuis, on s'est arrêté à San Antonio, Houston et Fort Worth sans jamais manger. Quand le président et la Première Dame se retirent dans leur suite, vers minuit, les hommes n'ont donc toujours pas dîné. Malheureusement, au Press Club et au Cellar, il n'y a plus rien à manger. Mais ça n'est pas grave. Les estomacs sont maintenant remplis de houblon et de « jus de fruits » et les Texanes sont bien charmantes. Les règles du Secret Service interdisent pourtant de consommer la moindre goutte d'alcool dès lors que l'on est en déplacement avec le président. À l'hôtel, la sécurité du couple Kennedy est assurée par deux pompiers désarmés. Des témoins entendent même les agents se marrer de ça…

On s'amuse, on rigole, on parle fort, on boit et… bon sang, il est déjà 3 heures du matin ! Pour les six agents pendus au comptoir, il est grand temps de rentrer. Le boulot reprend à 8 heures. Ils retournent à l'hôtel Texas, au 815 Main Street, et se couchent. Avant de dormir, l'agent Clint Hill commande son petit déjeuner pour 6 heures du matin. Et le septième zozo du Secret Service ? Devant la commission Warren, Paul Landis déclarera être resté jusqu'à 5 heures au Cellar. Difficile pour lui de mentir : le bar était rempli de témoins, dont de nombreux journalistes.

Quand ils émergent, la bouche pâteuse et des papillons hurlant dans la tête, les « sept du Cellar » n'ont que peu de temps pour se préparer. La caravane officielle et ses vingt-huit agents s'ébranlent rapidement pour l'aéroport et Air Force One. Direction Dallas, 50 kilomètres à l'est. En poste depuis 1960, JFK est au Texas afin de lever des fonds pour la campagne présidentielle de 1964. À 11 h 33, il atterrit à l'aéroport Love Field et part pour le Dallas Market Center où il doit déjeuner avec des responsables locaux. Il n'est clairement pas en terrain ami. L'État est une terre radicalement à droite et on ne lui pardonne pas l'abolition de la ségrégation raciale l'année précédente. Pas sûr donc qu'on lui offre un verre. Dommage, car le Texas est le cinquième producteur de vin des États-Unis.

À 12 h 29, la limousine présidentielle arrive sur Elm Street à la hauteur du Texas School Book Depository. Quatre motards encadrent le véhicule roulant à 17 kilomètres à l'heure. Un anonyme tailleur pour dames, Abraham Zapruder, enclenche sa caméra Bell & Howell modèle 414. Voilà ce qu'elle filme. À 12 h 30, une première balle traverse le cou du président sans le tuer. Cinq secondes après, un autre coup de feu déchire son cerveau et son crâne. Sang, fragments d'os et bouts de cerveau sont projetés à plusieurs mètres de hauteur. Paniquée, Jackie Kennedy monte sur le capot arrière de la Lincoln Continental. Escaladant le marchepied arrière gauche, Clint Hill lui tend la main. Au volant de la voiture, le chauffeur Bill Greer se retourne et lâche l'accélérateur, ce qui ralentit la voiture. Également à bord et sérieusement blessé à la poitrine, le gouverneur John Connally est secouru par son épouse. La carabine 6,5 mm Mannlicher-Cracano de Lee Harvey Oswald a fait des ravages. Aidée, peut-être, par un ou d'autres tireurs.

Ce qui frappe en regardant les images de Zapruder, c'est que pendant ces tragiques vingt-cinq secondes, hormis Clint Hill, aucun agent n'apparaît dans le champ. Entre les deux tirs, la vie du président aurait pu être sauvée. Mais le Secret Service n'a pas bougé.

Comme l'a expliqué l'agent John Norris dans le livre *J.F.K. : Breaking the Silence* (Taylor Pub, 1993), « la plupart sont restés assis là, les pouces sous les fesses pendant que le président était abattu devant eux ». Paul Landis et Glen Bennett se trouvent dans la limousine suivant immédiatement la Lincoln mais on ne les voit pas intervenir. À l'inverse, dans la voiture du vice-président Lyndon Johnson roulant derrière, l'agent Rufus Youngblood applique à la lettre la formation délivrée par ses supérieurs. Il pousse Johnson au sol de la voiture et le couvre de son propre corps. Présent dans le même véhicule, le sénateur Ralph Yarborough confiera avoir trouvé la réaction des agents présidentiels très lente. La nuit précédente, l'agent Youngblood n'avait pas rejoint ses camarades au Cellar. Lorsqu'on demandera à Landis si la fatigue et son degré d'alcoolémie avaient pu entraver ses actions ce jour-là, il répondra que non, prétendant que l'adrénaline tient les hommes éveillés. Elle a bon dos, l'adrénaline.

Président de la Cour suprême des États-Unis et fils d'immigrés scandinaves, Earl Warren n'est pas du genre à s'ivrogner à l'aquavit. Gouverneur de Californie de 1943 à 1953, il y a combattu sans pitié l'alcoolisme. Alors, quand il écoute l'émission de radio *Le manège de Washington* du 2 décembre 1963, il n'a pas du tout envie de rigoler. *Le manège de Washington* est animé par Drew Pearson, journaliste et ami d'Earl. C'est un garçon toujours extrêmement bien renseigné. Trois jours après la création de la commission Warren (chargée d'enquêter sur l'assassinat de JFK), il révèle les bacchanales nocturnes de Fort Worth. Elles lui ont été livrées par un journaliste du *Forth Worth Star Telegram* présent au Cellar. Il avait peur de publier l'info lui-même. James Rowley, le directeur du Secret Service, affirme apprendre l'histoire (!) et envoie un de ses hommes enquêter au Texas. Il ne prendra jamais de mesures contre les fêtards. Et dire qu'on a accusé ce pauvre Christophe Castaner de couvrir ses troupes…

Le 18 juin 1964, James Rowley est auditionné par la commission Warren et passe un sale moment. Il se justifie ainsi : la moindre sanction aurait risqué de faire penser à l'opinion « qu'ils étaient responsables de l'assassinat du président. Je trouvais cela injuste. Ni eux, ni leurs familles, ni leurs enfants ne méritent d'être ainsi stigmatisés aux yeux de l'Histoire. »

Personne ne le croit quand il dit avoir appris la sortie du 22 novembre par la radio. Rowley confirme l'existence de la virée mais affirme que ce soir-là… aucun agent n'était ivre ! Une enquête interne a soi-disant révélé que, sur les sept agents, trois auraient bu un verre de scotch et les autres consommé à peine deux-trois bières. On demande alors au directeur de lire à voix haute un extrait de son propre règlement : « Les agents s'abstiendront strictement de consommer de l'alcool pendant leurs heures de service ou à tout autre moment lors duquel ils peuvent être appelés à prendre part à des manifestations officielles. » Pour les agents directement rattachés à la Maison-Blanche, c'est pire : « La consommation d'alcool sous toutes ses formes, y compris le vin et la bière, par des membres du détachement assigné à la Maison-Blanche et par les agents coopérant avec celui-ci, ainsi que par tout agent assigné à des tâches de même nature lors de déplacements, est strictement interdite. Toute violation ou transgression même minime des précédentes, ainsi que tout abus d'alcool est un motif suffisant de renvoi, à tout moment. » Rowley déglutit et ce qu'il sent dans sa gorge n'a malheureusement pas le goût du scotch. Avalant son chapeau, il admet que ses troupes ont enfreint les règles.

C'est le moment que choisit Earl Warren, ex-gouverneur qui s'est farci pendant dix ans les va-nu-pieds californiens de la Beat Generation, pour exploser : « Ne pensez-vous pas que si un homme se couche assez tôt et n'a pas bu la nuit précédente, il est pas plus alerte que s'il reste éveillé jusqu'à 3 ou 5 heures du matin dans des bars de beatniks en buvant ? » Pire, Warren fait remarquer que certains citoyens, le long de la route du cortège, ont vu un canon d'arme pointé de la fenêtre du sixième étage du Texas School Book Depository. Mais aucun des agents ne semble l'avoir remarqué ou porté à l'attention des autres. « Un membre des services secrets de ce cortège, qui est censé observer de telles choses, ne serait-il pas plus susceptible d'observer s'il était libéré de toute influence alcoolisée ou du manque de sommeil ? Ne pensez-vous pas qu'il aurait été plus alerte, plus pointu ? » Rowley l'admet mais ne pense pas qu'ils auraient pu, pour autant, éviter le drame.

Après ces très longues minutes, James Rowley sort. En bon fils d'Irlandais, il se jette sûrement un whisky pour décompresser. Quelques semaines plus tard, Warren constate que Sam Stern, son clerc à la commission, a supprimé les critiques formulées contre les agents dans son rapport d'audition. Il le fait réécrire : « De quoi aurait-on eu l'air si nous avions passé la virée nocturne sous silence[1] ? » Encore une fois, étant donné la réputation du Cellar Café, c'était impossible.

Son propriétaire, Pat Kirkwood, est un ancien pilote automobile âgé de trente-six ans. Parmi ses amis, un certain Jack Ruby. Ruby est le propriétaire du Carousel Club, boîte à strip-tease de Dallas. Certaines de ses filles font partie des serveuses présentes au Cellar le 22 novembre. Le 24, Ruby assassine Lee Harvey Oswald avant d'être condamné à mort. Autre camarade de Kirkwood, Lewis McWillie, homme de main du parrain floridien Santos Trafficante. Willie sera plus tard impliqué dans un complot pour assassiner Fidel Castro, un autre grand buveur. De rhum, le concernant. Hasard ou pas, les sept agents du Secret Service n'ont donc pas atterri dans n'importe quel club. À l'entrée, une banderole prévient : « "Evil" [le diable] lu à l'envers, ça fait "live" [vivre] ». Quelques années plus tard, un documentaire sera réalisé sur le Cellar. Son titre : *Vous devez être bizarre, sinon vous ne seriez pas ici.*

Autre bizarrerie, l'évolution éthylique du Secret Service depuis l'arrivée de John Fitzgerald Kennedy. *Mister president* est le fils de Joe Kennedy, un homme devenu richissime grâce à la Prohibition. Parmi les multiples théories sur l'assassinat de Dallas, l'une prétend que John a payé pour les dettes que Joe avait contractées auprès des mafieux Sam Giancana et Meyer Lansky.

Que ce soit vrai ou pas, JFK n'envoie pas le bon exemple à ses hommes. Homme à femmes, fêtard, amateur de daiquiri et de whisky, il les épuise en enchaînant à haute intensité journées de travail, sorties nocturnes et voyages compulsifs. Les effectifs sont insuffisants et les agents en sont réduits à croquer des cacahuètes, faute d'avoir le temps de manger autre chose. Ils commencent aussi à imiter leur chef sans être punis.

Premier agent afro-américain du Secret Service, Abraham Bolden a été recruté par JFK en 1961. Il passera le reste de sa vie à révéler les turpitudes du service. Il pense même que les organisateurs du complot de Dallas ont glané des informations sur la sécurité présidentielle en traînant dans les bars fréquentés par les agents. Ils sont connus pour leur goût des femmes faciles et de l'alcool. Bolden affirme que ses collègues étaient souvent ivres quand ils « veillaient » sur JFK à Hyannis Port, la résidence familiale. Ils se servaient de leurs voitures de fonction pour convoyer de jeunes dames… Pour Bolden, « le plus gros problème c'est qu'ils buvaient constamment. Lorsque nous arrivions à un endroit, l'une des premières choses qu'ils faisaient était de faire le plein d'alcool. Ils buvaient, puis nous allions travailler[2]. » Le 22 novembre, « leurs réflexes ont certainement été affectés par, premièrement, la perte de sommeil et, deuxièmement, le fait que certains ont peut-être consommé une certaine quantité d'alcool ».

Il y aurait un livre à écrire sur les gaffes du Secret Service. En mars 2014, trois agents ont été renvoyés chez eux après avoir été découverts soûls dans un hôtel d'Amsterdam lors d'un voyage présidentiel. Et, dans la soirée du 19 septembre suivant, un homme a sauté par-dessus la grille de la Maison-Blanche avant d'entrer par la porte principale, de traverser deux grandes salles puis d'être finalement plaqué au sol. Le plus dingue, c'est que le service a été créé par Abraham Lincoln le 14 avril 1865. Le soir même il était assassiné, alors que son garde du corps était parti boire à la taverne.

---

[1] *Anatomie d'un assassinat.* Philip Shenon. 2013. Presses de la Cité.

[2] Interview dans le *Vanity Fair US* en 2014.

CHAPITRE XIX

Washington (États-Unis)
Nuit du 24 au 25 octobre 1973
NIXON IVRE MORT EN PLEINE ALERTE NUCLÉAIRE

Richard Nixon, dit « Tricky Dick » (Richard le roublard), combinait allergie à l'alcool et goût immodéré pour celui-ci. Vingt-six ans après sa mort, qui a eu lieu en 1994, on peut écrire que l'homme le plus puissant de la planète était ivre après deux verres et que, malheureusement, il s'arrêtait rarement à ce seuil. Cette configuration aurait pu avoir de gravissimes conséquences pour le sort du monde et cela faillit plusieurs fois être le cas. *In fine*, pourtant, son ivresse chronique nous épargna une apocalypse nucléaire.

Le 6 octobre 1973, Égypte et Syrie attaquent Israël dans le Sinaï et le Golan. C'est la guerre du Kippour. Équipées par l'URSS, ces deux armées avancent vite. À partir du 14, l'administration Nixon monte un pont aérien qui envoie 22 000 tonnes d'armes aux forces israéliennes. En pleine guerre froide, la tension est à son comble. Fort heureusement, les Nations unies réussissent à leur faire adopter, le 22, la Résolution 338 qui appelle à un cessez-le-feu immédiat. Au bout de quelques heures, l'URSS accuse Israël de ne pas respecter l'accord.

Dans la nuit du 23 au 24 octobre, le secrétaire général du Parti communiste, Léonid Brejnev, envoie alors un message à Nixon. Il lui demande de faire respecter le cessez-le-feu. Il menace même d'envoyer ses troupes sur le terrain : « Il est nécessaire que vous agissiez sans délai. Je vous dis sans détour que, si vous trouvez impossible d'agir conjointement avec nous dans ce dossier, nous serons confrontés à la nécessité urgente d'examiner la question de prendre des mesures appropriées unilatéralement. Nous ne pouvons tolérer l'arbitraire d'Israël. » « Des mesures appropriées unilatéralement » ! C'est une menace directe de troisième conflit mondial ! Ce vieux renard de Brejnev fait tapis et tente perfidement de profiter des difficultés politiques de Nixon. Empêtré dans le scandale du Watergate – une tentative d'espionnage des bureaux du Parti démocrate – celui-ci est effectivement au plus mal. Mais Brejnev sait-il à quel point son homologue est à la rue ?

À la réception de ce message, le 24 à 21 h 35, le secrétaire d'État (l'équivalent de notre ministre des Affaires étrangères) Henry Kissinger tente d'alerter le président. On lui répond qu'il n'est pas « disponible »…

Kissinger prend alors sur lui d'organiser un briefing dans la salle de crise de la Maison-Blanche. Les bombardiers font provision de charges nucléaires, les silos de lancement sont mis en alerte et les sous-marins d'attaque se positionnent au large des côtes russes. Le 25 au matin, les forces américaines sont mises en Defcon III. En Defcon III, l'Air Force peut être mobilisée en cinq minutes. Soixante B-52 sont rapatriés depuis la base de Guam et la 82e division aéroportée est sur le pied de guerre. Les services de renseignement auraient alors découvert qu'un navire soviétique, soupçonné de transporter une cargaison nucléaire, était en route pour Alexandrie. Et pendant ce temps-là, Nixon dort. Plus exactement, il cuve.

« Il fallait que l'on se place en alerte nucléaire sans sa permission, hallucinait encore, dix-sept ans après, l'amiral de la marine et chef des opérations navales Elmo Zumwalt. La raison en était qu'il ne pouvait pas être réveillé. De toute évidence, Nixon avait trop bu. À l'époque, on m'a dit qu'ils ne parvenaient pas à le réveiller[1]. »

À 8 heures du matin, Nixon émerge enfin et constate que son pays est placé en alerte nucléaire ! Une réunion est organisée avec les leaders de la Chambre des représentants. Kissinger arrive en retard. Commentaire rigolard de son boss : « On a eu du mal à trouver Henry. Il était au lit avec une femme de ménage. » « Henry » leur fait un topo quand Nixon lui coupe la parole… pour disserter pendant une demi-heure sur l'histoire du communisme en URSS.

Sa conclusion : « Je n'ai jamais dit que les Soviétiques étaient de bons gars. » Finalement, Brejnev ne met pas ses menaces à exécution et les Nations unies appellent à un nouveau cessez-le-feu. L'alerte est levée.

La situation était d'autant plus inquiétante que Brejnev était lui-même accro à l'alcool et aux somnifères. Il est fort probable que, en octobre 1973, ce soit son futur successeur, Iouri Andropov, qui l'ait empêché d'aggraver la situation. Selon le *New York Times*, le Defcon III américain l'aurait ensuite rapidement fait dessoûler.

Au sujet de cette crise, Nixon écrira dans ses Mémoires une phrase qui nous fait bénir l'action soporifique de l'alcool : « Nous avions besoin d'action. Y compris le choc d'une alerte nucléaire. » Si ses collaborateurs ont choisi à ce moment de ne pas le réveiller, c'est qu'ils le savaient capable de prendre des décisions inconsidérées.

Pris dans l'étau du Watergate, l'homme est alors un danger ambulant. Depuis quelques semaines, Kissinger assume de fait le poids de la présidence. Il appelle d'ailleurs son boss « notre ami alcoolisé ». Une série d'épisodes scabreux et éthyliques l'ont convaincu de faire passer le mot au plus haut niveau : quand Nixon ordonne quelque chose, on temporise, on noie le poisson. Kissinger a l'habitude de dire à ses assistants que si on écoutait leur chef suprême, il y aurait une guerre nucléaire chaque semaine. Quant à lui faire signer des papiers importants… disons qu'il vaut mieux le faire tôt le matin.

En août 1973, Nixon apparaît « fatigué » lors d'un discours donné à la Nouvelle-Orléans. Le *New York Times* constate qu'il bredouille et que, concernant sa vitesse et son volume, sa voix connaît de soudaines embardées. Quelqu'un compare alors le président à un « Ed Sullivan (le Michel Drucker américain) sous speed. »

Les choses ne feront qu'empirer jusqu'au 9 août 1974, jour de sa démission. Le *Times of Israël* le décrira « errant à la Maison-Blanche et parlant aux tableaux dans un état d'ivresse total » à la fin de son mandat. Son chef de cabinet ordonne aux médecins de ne plus lui prescrire de tranquillisants pour éviter toute idée suicidaire. Adjoint de Kissinger, Lawrence Eagleburger était à ses côtés le jour où Nixon l'appela pour lui annoncer sa démission. Il racontera la scène aux journalistes Bob Woodward et Carl Bernstein, ceux-là mêmes qui avaient révélé le scandale du Watergate : « Le président mangeait ses mots. Il était ivre. Il était hors de contrôle[2]. »

Et ça ne datait pas d'hier… En 1972, bourré, il discute avec Henry Kissinger de la situation au Nord Viêt Nam (la guerre a débuté en 1965). « Je pense qu'il faudrait leur envoyer une bombe nucléaire. — Euh, je pense que ce serait un peu trop Monsieur le président. — Ça vous dérange ? Il faut penser grand Henry, bon dieu[3] ! ». Comme on le dit au pays d'Hô Chi Minh, « quand l'alcool entre, les paroles sortent ».

En août 1969, Leïla Khaled et Salim Issaoui détournent le vol 840 de la TWA assurant la liaison

Los Angeles-Tel Aviv. Ils atterrissent à Damas. Instruction de Nixon (hurlée, ivre au téléphone) : « Bombardez l'aéroport ! » Bien embêtés, Kissinger et le secrétaire à la Défense, Melvin Laird, temporisent en demandant à deux navires de se positionner en mer Méditerranée. Quand leur chef les harcèle au téléphone (« Alors, vous avez bombardé ?!!! »), ils prétendent que la météo ne le permet pas. Finalement, Richard dessoûle, les cent seize passagers sont épargnés et le tarmac syrien reste praticable.

Le plus pathétique là-dedans, c'est que l'alcoolique le plus puissant du monde est tout sauf un buveur viril. Né en 1913, ce fils de quakers épiciers est élevé dans un milieu où la punition corporelle est la règle. On n'a pas le droit de boire, jurer, tricher ou mentir.

Il ne boit son premier verre d'alcool qu'en deuxième année de fac dans un *speakeasy* de San Francisco. L'histoire retiendra qu'il s'agit d'un Tom Collins, cocktail à base de gin Hendrick's, jus de citron, sirop de sucre de canne et eau gazeuse. C'est en 1943, quand il intègre la Navy, qu'il découvre le vrai pouvoir du pousse-café. Dans ses Mémoires, il se vante d'avoir, alors lieutenant, ravitaillé ses hommes en bière australienne.

En vérité, « Richie » est tout bêtement allergique à l'alcool. Un verre ou deux suffisent à lui faire faire et dire n'importe quoi en ayant tout oublié le lendemain matin.

En juillet 1959, il est vice-président, et le président Eisenhower l'envoie à Moscou accompagné de son frère, Milton Eisenhower. Nerveux après une télé, Nixon s'envoie six martinis avant le dîner officiel. Lors de celui-ci, il devient lourd et grossier. Ce que Milton s'empresse de rapporter à son aîné. Tout ça ne l'empêche pas de donner son avis aviné. Karl Marx : « Un alcoolique qui vécut comme un clochard[4]. »

En 1964, il est vu notoirement ivre à la convention républicaine qui nomme Barry Goldwater candidat à la présidentielle. Lorsqu'il brigue lui-même le poste quatre ans plus tard, il convoque l'avocat John Daniel Ehrlichman pour lui offrir un poste de conseiller. Réponse de celui-ci : « Vous êtes hautement sensible à l'alcool. Je ne vais pas quitter mon cabinet et ma famille si ça doit être un problème[5]. » Nixon promet d'arrêter la picole et Ehrlichman finit par accepter sa proposition. Impliqué dans le Watergate, il fera dix-huit mois de prison et sera rayé du barreau à vie. Plus tard, il fera cet amer constat : « Un verre peut le mettre à terre s'il est fatigué. Et s'il ne l'est pas, deux verres et demi suffiront. Il devient alors bien plus susceptible que bien des gens que j'ai rencontrés[6]. » Arrivé au sommet, Richard assure au journaliste Theodore White que la picole, c'est fini, car il risque de ne pas penser clairement quand le téléphone sonne la nuit. Lucide mais faible. Dans ses pires moments, il n'arrive pas au bureau avant midi et articule si peu que, lors d'un dîner, il doit demander à un assistant de « traduire » ses pensées à Goldwater.

Honneur suprême, Nixon a même un cocktail à son nom. Shakez 3 centilitres de whisky, 3 centilitres de liqueur de prune, 0,5 centilitre d'alcool de pêche et servez le tout dans un verre à cocktail avec un morceau de pêche et une cerise. Le breuvage lui était concocté par l'American Bar de Londres lors de la visite diplomatique qu'il fit en 1969 en Grande-Bretagne. « Dick » se le faisait directement livrer au Claridge, palace dans lequel il résidait. C'est certainement son plus bel héritage.

---

[1] *The Arrogance of Power : The Secret World of Richard Nixon*. Anthony Summers. Viking Penguin. 2000.

[2] *Les Derniers jours de Nixon*. Bob Woodward, Carl Bernstein. Robert Laffont. 1976.

[3] *Nixon's Darkest Secrets : The Inside Story of America's Most Troubled President.* Don Fulsom. Thomas Dunne Books. 2012.

[4] *Nixon off the Record*. Monica Crowley. Random House. 1998.

[5] *Drinking In America*. Susan Cheever. Twelve. 2015.

[6] *The Nixon Presidency*. Kenneth W. Thompson. University Press of America. 1987.

Chapitre XX

Mozdok (Russie)
31 décembre 1994
L'assaut sur Grozny décidé lors d'un réveillon à la vodka

Le 31 décembre 1994, Pavel Gratchev, ministre russe de la Défense, fonce sur ses quarante-sept ans, prévus pour le lendemain. Malheureusement, il est coincé à Mozdok, près de la frontière avec la Tchétchénie. Depuis le 11, la Russie a envahi sa turbulente république et campe devant Grozny, sa capitale. Heureusement, Gratchev peut compter sur le renfort de deux bons copains proches du pouvoir : Oleg Soskovets et Mikhail Barsukov.

Gratchev et ses deux potos regardent les vœux télévisés d'Eltsine, délivrés depuis Moscou. Ce dernier est à peine de retour au Kremlin, après avoir été victime de deux attaques cardiaques en quatre mois. Ce soir-là, il évite donc de lever un verre de *champanskoïe* à la nouvelle année, comme il l'avait fait l'année précédente. Il est sobrement entouré d'instruments de travail, fax et téléphones.

À 1 700 kilomètres de là, Gratchev, Soskovets et Barsukov boivent pour quatre. Comme James Ellroy l'a écrit dans *Perfidia* (2014), « la guerre donne soif ». Les trois gais lurons se montent le bourrichon contre ces Tchétchènes qui se défendent mieux que prévu. Et contre leur furieux président, Djokhar Doudaïev, qui a promis de se battre jusqu'à la mort. Quelques jours plus tôt à la télé, Gratchev fanfaronnait : il promettait de prendre Grozny en cent vingt minutes chrono avec un seul régiment aéroporté. Pour l'instant, les forces russes se contentent prudemment de raids aériens. Attaquer la ville aux trois cent cinquante mille habitants est un pari fou.

Mais la soirée d'anniversaire tourne à ce qui sera décrit plus tard comme une « orgie d'ivrognes[1] ». Et soudain, Pavel Gratchev a une idée de génie : il donnera trois étoiles au soldat qui s'emparera du palais de Doudaïev. Il fait référence au titre de « héros de la fédération de Russie », la plus haute décoration honorifique du pays. L'ordre est répercuté et, à 5 heures du matin ce 1er janvier 1995, un intense pilonnage précède l'assaut. Beaucoup de soldats pensent qu'il ne s'agit que d'un coup de bluff pour pousser l'ennemi à capituler. À 6 h 40, une première vague de six mille hommes attaque avec ordre de prendre d'abord l'aéroport et la gare. Parmi eux, mille hommes de la Maikop Brigade qui seront décimés en soixante heures. Les ordres donnés sont vagues et baroques. On demande d'abord aux troufions de partir sans armes ! Ensuite on leur précise de ne tirer que sur ceux qui en ont.

Le 3 janvier, Gratchev a dessoûlé et probablement compris qu'il avait fait une grosse bêtise. Mais impossible de l'avouer. Il annonce donc que la ville entière est sous le contrôle de l'armée. En vérité, il faudra deux mois, deux mille soldats russes zigouillés et trente-cinq mille civils tués pour prendre Grozny. Et trente mois supplémentaires pour que cette guerre se termine par un piteux retrait russe. Témoignant plus tard devant la Douma, Gratchev se défausse sur ses subordonnés et leur « absence d'esprit de commandement. Ils ont cru à une victoire facile et étaient trop détendus ». On jurerait qu'il parle de lui le soir du 31. La chaîne privée NTV se permet même de présenter l'attaque comme un pataugeage sanglant, un nouvel échec des généraux russes, « qui ont cru bon de lancer l'attaque pour célébrer les fêtes de fin d'année, mais se sont retrouvés face à des musulmans qui, eux, ne boivent pas, y compris le 1er de l'an ».

La vodka ne se contenta pas de faire déraper le conflit. Elle eut un rôle majeur pendant son déroulement. L'Armée rouge déverse des milliers de litres gratuits sur ses troupes, mais cela ne leur suffit pas. Les soldats se mettent à échanger leurs armes, munitions et équipements contre des bouteilles. Un chef tchétchène racontera avoir acheté un véhicule blindé contre deux caisses de vodka. Le deal ? Vous ne nous tirez pas dessus pendant une semaine, le temps que l'on boive tout tranquillement. Il arrive aussi fréquemment que des soudards retournent les corps des combattants tchétchènes à leur famille contre de l'alcool. Combattant un ennemi ne buvant pas ou peu, les Russes sont constamment ivres pour repousser leur peur.

Le 12 janvier 1995, le journal les *Izvestias* révèle ce qui s'est passé le 31 au soir à Mozdok. Le député libéral Sergei Yushenkov confirme ces informations qu'Oleg Soskovets dément mollement. Des sources militaires moscovites précisent aux journalistes qu'effectivement, aucune opération n'était initialement planifiée.

Reste une question : le président russe a-t-il validé l'offensive ou relève-t-elle de la seule initiative de son ministre ? Journaliste indépendante en Russie, Alla Shevelkina est formelle quand nous lui demandons : « Sans l'ordre de Boris Eltsine, Gratchev ne pouvait rien faire. » Réponse qui nous arrange fortement car faire ce livre sans parler d'Eltsine, ce serait comme boire une vodka-martini sans olive. Une hérésie.

Depuis l'arrivée au pouvoir de Boris en 1991, la vodka règne à nouveau. Oubliée la prohibition partielle instaurée par Mikhaïl Gorbatchev de 1985 à 1987. En 94 – fierté ! – la Russie redevient championne du monde de biture avec, en moyenne, 14,5 litres d'alcool pur par an et par adulte. L'espérance de vie des hommes passe de soixante-cinq ans en 1987 à cinquante-huit ans en 1994 ! Ministre des Affaires étrangères sous Eltsine,

Andreï Kozyrev parle même de la consommation nationale comme d'un « concept philosophique » : « Aucune affaire ne se scelle, aucun accord diplomatique ne marche s'ils ne sont arrosés d'un petit verre de vodka », se réjouit-il en 1996 dans *Le Monde*.

Évidemment, le porte-étendard de ce « concept philosophique » est Boris Nikolaïevitch Eltsine. De 1991 à 1999, sa présidence n'est qu'une longue litanie de moments d'ébriété gênants. Boris qui chante et danse. Boris qui rate une marche, vacille et doit être soutenu par ses généraux. Boris qui tripote les dames. Boris qui se perd dans ses notes. Boris qui descend des pintes cul sec applaudi par la foule, etc. Il existe d'excellentes compilations sur YouTube, nous vous les recommandons. Il nous a été dur de choisir mais voici un petit florilège de « moments Boris ».

En janvier 1992, il est interviewé par l'Américaine Barbara Walters sur ABC News : « Bien sûr, je ne suis pas un ascète, mais je nie catégoriquement toutes ces rumeurs d'alcoolisme. » Mais Boris, ce ne sont pas des rumeurs mais des faits fixés sur VHS. Quatre mois après cette interview, il est filmé bourré lors d'une visite en Ouzbékistan. En août 1994, il est encore rond lors d'une parade militaire à Moscou. En Russie, ça ne choque personne. Mais à l'étranger…

Le 30 septembre suivant, il doit effectuer une visite d'État officielle en République d'Irlande mais ne parvient pas à descendre de son avion lorsqu'il atterrit à l'aéroport de Shannon. Il est remplacé par Oleg Soskovets qui explique que son supérieur est

« très fatigué »... Il faut dire que celui-ci est sensible au changement de fuseaux horaires et absorbe aussi calmants et somnifères.

Quelques jours avant, à Berlin, l'hypomaniaque s'empare soudain de la baguette du chef d'orchestre, esquisse quelques lourds pas de danse et, devant le groupe des officiels estomaqués, entonne le célèbre *Kalinka*. Dans ses Mémoires, publiés en 2000 chez Flammarion, il concède qu'à cette occasion il était ivre. Ce jour-là, c'est Pavel Gratchev qui l'aurait entraîné à boire. Un commentateur estimera que « chaque shot de vodka bu avec Eltsine était comme une étoile sur les épaulettes de Gratchev[2] ». Les Mémoires du président contiennent pourtant cette phrase stupéfiante : « Je n'aime pas les ivrognes. » Et Boris d'avouer : « L'alcool est le seul antistress que je connaisse qui agisse si rapidement. » Il avoue d'ailleurs avoir connu des phases de dépression au pouvoir.

Et le fameux fou rire d'octobre 1995 partagé avec Bill Clinton, vous vous en souvenez ? Durant le même séjour à Washington, Boris aurait été découvert un soir ivre à quelques pas de la Maison-Blanche. Vêtu d'un simple caleçon, il essayait de héler un taxi pour aller s'acheter une pizza. Finalement, pour un ivrogne, il ne s'en tirera pas si mal puisqu'il meurt le 23 avril 2007, à soixante-seize ans, victime d'insuffisance coronarienne et de diabète.

S'il faut trouver une morale à cette histoire, on peut toujours en appeler au karma. Les trois protagonistes de la soirée du 31 décembre 1994 finirent tous, pour des raisons différentes, par chuter au fond de l'alambic de l'Histoire.

En juin 1996, Oleg Soskovets et Mikhail Barsukov sont évincés du staff d'Eltsine en pleine campagne de réélection. Ils paient leur implication dans « l'affaire Xerox ». Frustrés par leur influence déclinante dans l'entourage du boss, ils auraient tenté de sortir 500 000 dollars du palais présidentiel russe… dissimulés dans une photocopieuse de marque Xerox.

Pavel Gratchev les suit quelques jours après. En juillet, il est renvoyé de son poste de ministre par Eltsine. Officiellement, il le doit à son implication dans une affaire de voitures illégalement acquises. La presse le surnomme « Pacha-Mercedes » et c'est le journaliste Dmitry Kholodov qui sonne l'hallali. Lequel est assassiné dès octobre 1994.

Son éviction, le général la doit surtout à son réveillon fatal et aux boulettes en découlant. Les bombardements aériens russes ont violé la parole d'Eltsine qui avait promis d'arrêter le massacre des populations civiles. Finalement, c'est vrai qu'Eltsine n'aimait pas les ivrognes.

---

[1] *Chechnya. Calamity in the Caucasus.* Carlotta Gall, Thomas de Waal. New York University Press. 1998.

[2] *Yeltsin : A Life.* Timothy J. Colton. Basic Books. 2008.

Remerciements

Merci à Clara Dupont-Monod et Nedjma Van Egmond, sans qui ce livre dormirait toujours au fond d'un verre.
Et à Manu Larcenet pour le petit bonhomme au nez rouge de la couverture.

Table des matières

Ivresses

Cet ouvrage a été composé par belle page
et achevé d'imprimer par CPI Bussière
(Saint-Amand-Montrond)
pour le compte des éditions J.-C.Lattès
17, rue Jacob, 75006 Paris
en octobre 2020

N° d'édition : 03 – N° d'impression : 2053835
Dépôt légal : août 2020
Imprimé en France